|外|国|文|学|名|家|精|选|书|系|

〔法〕小仲马 / 著
张伊凡 / 译

UNITY PRESS 團结出版社

图书在版编目（CIP）数据

茶花女 / (法) 小仲马著；张伊凡译. -- 北京：团结出版社, 2016.7（2023.8重印）

ISBN 978-7-5126-4288-1

Ⅰ. ①茶… Ⅱ. ①小… ②张… Ⅲ. ①长篇小说—法国—近代 Ⅳ. ①I565.44

中国版本图书馆CIP数据核字(2016)第168126号

出　版：团结出版社
（北京市东城区东皇城根南街84号　邮编：100006）
电　话：（010）65228880　65244790（出版社）
（010）65238766　85113874　65133603（发行部）
（010）65133603（邮购）
网　址：http://www.tjpress.com
E-mail：zb65244790@163.com（出版社）
fx65133603@163.com（发行部邮购）
经　销：全国新华书店
印　刷：唐山才智印刷有限公司

开　本：640毫米×920毫米　16开
印　张：13
字　数：180千字
版　次：2016年7月　第1版
印　次：2023年8月　第2次印刷

书　号：978-7-5126-4288-1
定　价：35.80元

前 言

小仲马，法国著名文学家、小说家和剧作家。1824 年 7 月 27 日出生于巴黎，父亲是法国 19 世纪著名的浪漫主义作家大仲马，母亲是一名缝纫女工。受父亲影响，小仲马热爱文艺创作，一直想跻身文坛，终于在 1848 年出版了《茶花女》一书，一举成名。小仲马剧作大多以妇女、婚姻、家庭问题为题材，或描写在资产阶级毒害下沦落的女性，或谴责夫妻之间的不忠，或表现金钱势力对爱情婚姻的破坏，较为真实地反映了资产阶级道德的腐朽性质。

《茶花女》是小仲马的成名之作，讲的是男主人公阿尔芒爱上了美丽的妓女玛格丽特，在阿尔芒不懈地追求下，他们成了情人，在一起度过了半年甜蜜的时光。但阿尔芒的父亲对玛格丽特怀有极大的偏见，在他的阻挠下，玛格丽特不得不为了阿尔芒的前程和其家庭的幸福放弃这份爱情，继续过妓女生活，一年后死于肺病。阿尔芒不知真相，痛恨玛格丽特的无情，不停地污辱和伤害她。最后，阿尔芒知道真相后，追悔莫及、痛不欲生，只能用移坟的方式见玛格丽特最后一面。

《茶花女》一书采用了三个第一人称的叙述法。首先是作者“我”直接对玛格丽特的生平事迹进行采访，其次写了阿尔芒的自我回忆，最后以玛格丽特临终的书信作为结尾。作者通过这样的叙述方式充分表现出了人物命运的曲折和辛酸，增强了故事的真实感，使读者在阅读时感同身受。在此书中，作者塑造了一系列生动、鲜明的艺术形象，其中以女主人公玛格丽特的形象最为深入人心，她美丽善良，虽然沦落风尘，却仍然对爱情充满热情和向往，最后更是愿意牺牲自己的幸福去成全别人。通过女主人公的悲惨命运，作者揭露了资本主义社会的冷酷无情，批判了资产阶级腐朽的道德。

《茶花女》是第一部被引入中国的西方文学名著。1898 年，在该小说问世半个世纪之后，林纾将其译成中文，题名为《巴黎茶花女遗事》。该小说在中国的问世，对当时的中国文学界影响很大，不少新意义、新结构的爱情小说应运而生，因此著名学者胡适先生有言："自有古文以来，从不曾有这样长篇的叙事写情的文章。《茶花女》的成绩，遂替古文开辟一个新殖民地。"

目　录

一

我认为只有深入研究过人类以后，才能创造人物，就如同要说一种语言之前，必须先仔细学习这种语言。

既然我还没到能够创造人物的年龄，那就只能照实叙述了。

因此，希望读者相信这个故事是真实的，故事中的人物，除了女主人公以外，剩下的都还活在世上。除此以外，我收集于此的大部分材料，在巴黎还有一些人能够证明；如果我的证据不够充分，他们会是最有力的证人。机缘巧合之下，只有我能够将这个故事记录下来，因为只有我知道事情的始末，否则绝对写不出这样一篇完整、动人的故事来。

接下来，我将说一说我是怎样知道故事的详细情节的。

1847 年 3 月 12 日，拉菲特街上挂起了一张黄色巨幅广告，这是在为一场家具和珍玩拍卖做宣传。这是一场物主死后举办的拍卖活动，广告上并没有提到物主的姓名，只说拍卖将于 16 日中午 12 点到下午 5 点举行，地点是昂坦街九号。

另外，广告上还附着一份通知：大家可以在 13 日和 14 日去拍卖的住宅参观。

我一直喜欢珍玩，肯定不愿意错失这样的机会，即使不买，去看看也很好。

第二天，我就去了昂坦街九号。

时间有些早，但屋子里已经有参观的人了，甚至还有女人。纵使这些女人穿着天鹅绒服装，披着开司米披肩，门口有华丽的四轮轿式马车恭候着她们，但当她们看到眼前这些豪华陈设时，还是不可避免地露出了惊讶，甚至是赞赏的神情。

没多久，我就找到了她们惊讶和赞赏的原因。因为当我认真观看一番后，我发现我们所在的地方是一个高级妓女①的房间。不过上流社会的女人——此处正好有几个上流社会的女人——最想看的也无非就是这种女人的闺房。与贵妇人相比，高级妓女们往往更会穿衣打扮；在大歌剧院和意大利人歌剧院里，她们也同那些贵妇人一样，拥有独自的包厢，甚至就与贵妇们并肩而坐；她们在巴黎街头恬不知耻地搔首弄姿，炫耀她们拥有的珠宝，宣扬她们的“风流韵事”。

在这个住宅里居住的妓女已经离世，因此，现在就算是最贞洁的女人也可以进入她的卧室。死亡，将这个华丽场所的污秽臭气彻底净化了。再者，如果有必要，她们完全可以说是因为拍卖才来的，根本不知道曾经居住在这里的是什么人。她们看了广告，想到这里看一看广告里宣传的家具和珍玩，事先挑选一番，没有比这更平常的事情了；但这并不能妨碍她们通过这些精美的摆设窥探这个妓女的生活痕迹。她们肯定听说过发生在妓女身上的那些离奇的故事。不过遗憾的是，再离奇的故事也终将随着这个绝代佳人的离世而烟消云散。无论这些贵妇们心里有多大的期望，她们能做的只是不停地称赞这些将要拍卖的东西有多么精美，至于死者生前神女生涯的痕迹，却半点儿也看不出来。

再说，这里确实有一些值得买的东西。房间里的陈设异常华丽，法国著名乌木雕刻家布尔雕刻的家具、用产自巴西的玫瑰木做成的家具、法国塞弗尔和中国的花瓶、德国萨克森的小塑像、绸缎、天鹅绒和花边绣品，真是琳琅满目、应有尽有。

我跟在那些比我早到的名门闺秀身后在这所住宅里漫步。她们进入了一间被波斯帷幕遮挡着的房间，我抬脚正想进去时，她们又立刻面带微笑地走了出来，看起来像对此次猎奇感到害羞，这反而更激起了我的

---

① 原文指的是“由情人供养的女人”。

好奇心。原来这是一个梳妆间，里面摆着各种精致的梳妆用品，它们将死者生前的穷奢极欲淋漓尽致地显露了出来。

一张三尺宽、六尺长的大桌子放在墙边，上面摆满了奥科克与奥迪奥①制造的各种闪闪发光的珍宝，令人眼花缭乱，目不暇接。于这个房间已经离世的女主人而言，这上千件小玩意儿是她梳妆打扮时的必备用品，全部都是用黄金白银制成的。然而这所有物品必是一件一件收罗来的，也不是某个情夫一人能够办齐的。

见到一个妓女的梳妆间，我倒是没有厌恶之情，不论是什么东西，我都颇有兴趣地仔细鉴赏一番。我发现所有这些雕刻精湛的用具上都镌刻着各种不同的人名首字母和五花八门的纹章②标记。

我看着所有这些东西，每一件都使我联想到那个可怜的姑娘的一次肉体买卖。我心想，天主对她还算仁慈，没有让她遭受通常的那种惩罚，而是让她在晚年之前，带着她那花容月貌，死在穷奢极侈的豪华生活之中。对这些妓女来说，她们的第一次死亡就是衰老。

确实，没有比放荡生活的晚年——尤其是女人的放荡生活的晚年——更悲惨的了。这种晚年没有一点点尊严，得不到别人的一点同情，这种抱恨终身的心情是我们所能听到的最凄惨的事情，因为她们并不是追悔过去的失足，而是悔恨错打了算盘，滥用了金钱。我认识一位曾经风流一时的老妇人，过去的生活遗留给她的只有一个女儿。据她同时代的人说，她女儿差不多跟她妈妈年轻时一样漂亮。她母亲从来没对这可怜的孩子说过一句“你是我的女儿”，只是要她养老，就像她自己曾经把她从小养到大一样。这个可怜的小姑娘名叫路易丝。她违心地顺从了母亲的旨意，既无情欲又无乐趣地委身于人，好比有人让她去学一种职业，她就去从事这种职业一样。

长期以来耳濡目染的都是荒淫无耻的堕落生活，而且从很早就开始了的堕落生活，加上这个女孩子长期以来孱弱多病，抑制了她脑子里分辨是非的才智，这种才智天主可能也曾赋予她，可是从来没有人想到过

---

① 18、19 世纪时巴黎有名的金银器皿制造匠。

② 当时的贵族，多将其纹章镌刻于家用器物上，作为记号。

要去让它得到施展。

这个年轻的姑娘我永远也不会忘记，她差不多每天都是在同一时间走过大街。她母亲时时刻刻都陪着她，就像一个真正的母亲陪伴她真正的女儿那般形影不离。我那时还年轻，很容易沾染上那个时代道德观念淡薄的社会风气，可是我依然记得，一看到这种丑恶的监视行为，我从心底里感到轻蔑和厌恶。

处女的脸上是不会流露出这样一种天真无邪的感情和这样一种忧郁苦恼的表情。

这张脸就像委屈女郎①的头像一样。

一天，这个姑娘的脸突然容光焕发。在她母亲替她一手安排的堕落生涯里，这个女罪人好像得到了天主赐给的一点幸福。毕竟，天主已经给予了她懦弱的性格，那么在她承受痛苦生活的重压的时候，给她一点安慰不可以吗？这一天，她发觉自己怀孕了，她身上还残存的那么一点纯洁的思想，使她开心得浑身哆嗦。人的灵魂有它不可理解的寄托。路易丝急忙去把那个使她欣喜若狂的发现告诉她母亲。说起来也使人感到羞耻。但是，我们并不是在这里随意编造什么风流韵事，而是在讲一件真人真事。这种事，要是我们认为没有必要经常把这些女人的苦难公之于世，那或许还是索性闭口不谈为妙。人们谴责这种女人而又不听她们的申诉，人们蔑视她们而又不公正地评价她们，我们说这是可耻的。可是那位母亲答复女儿说，她们两个人生活已经不容易了，三个人的日子就更不好过了；再说，这样的孩子还是没有的好，而且大着肚子不做买卖也是浪费时间。

第二天，有一位助产婆——我们暂且把她当作那位母亲的一个朋友——来看望路易丝。路易丝在床上躺了几天，后来下床了，但脸色比过去更苍白，身体比过去更虚弱。

三个月以后，有一个男人出于怜悯，想办法医治她身心的创伤，但是那次的打击太厉害了，路易丝终究还是因为流产的后遗症而死了。

那母亲仍旧活着，生活得如何？天知道！

---

① 指巴黎圣厄斯塔什教堂里一座大理石雕成的神情哀怨的妇女头像。

当我凝视着这些金银器皿的时候，这个故事就浮现在我的脑海之中。时光似乎随着我的沉思默想已悄然逝去，屋子里只有我和一个看守人，他正站在门口严密地监视着我是不是在偷东西。

我走到这位看守人跟前，我已经把他搞得心神不定了。

我对他说："先生，您可以把之前住在这里的房客的姓名告诉我吗？"

"玛格丽特·戈蒂埃小姐。"

我知道这位姑娘的名字，也看见过她。

"怎么！"我对看守人说，"玛格丽特·戈蒂埃死了吗？"

"是呀，先生。"

"什么时候死的？"

"有三个星期了吧。"

"那为什么还让人参观她的住宅呢？"

"债权人觉得这么做可以提高价钱。您知道，让大家事先看看这些织物和家具，可以招徕顾客。"

"这么说，她还欠着债？"

"哦，先生，她欠了好多哪！"

"卖下来的钱应该可以付清了吧？"

"还有得剩。"

"那么，剩下来的钱给谁呢？"

"给她家属。"

"她还有家？"

"好像有。"

"谢谢您，先生。"

看守人摸清了我的来意后感到放心了，对我行了一个礼，我就出来了。

我在回家的时候心里想着："这个可怜的姑娘，她一定死得很惨，因为在她这种生活圈子里，只有身体健康才会有朋友。"

我情不自禁地对玛格丽特的命运产生了怜悯。

很多人对此可能会觉得可笑，可我对烟花女子总是无限宽容的，乃至也不想为这种宽容态度与人争辩。

一天，在我去警察局领取护照的时候，瞥见邻街有两个警察要押走一个姑娘。我不知道这个姑娘犯了什么罪，只见她痛哭流涕地抱着一个才几个月大的孩子亲吻，因为她被捕后，母子就要骨肉分离。从这一天起，我就再也不轻易地蔑视一个女人了。

二

拍卖的时间是16日。

参观日与拍卖日之间隔着一天，这是留给地毯商拆帷幔、壁毯等墙上饰物的时间。

当时，我刚刚从外地旅游回来。当人们从外地回到消息灵通的首都时，总会有人告诉他们一些重大的新闻事件。但是没有人对我提及玛格丽特离世的消息，因为在他们看来，这算不上是大事，而这也是人之常情。玛格丽特长得很美丽，但是，这些女人生前越是生活考究，被人们议论纷纷，死后就越是无声无息。她们就像某些星辰，每天无声无息地落下又升起。如果她们很年轻就去世了，那么她们的所有情人都会在同一时刻得知消息；因为在巴黎，一位名妓的所有情人相互之间几乎都是亲密朋友。大家会相互回忆几件关于她的逸事，然后依旧故我，一点儿也没有受到这件事的影响，甚至不会有人为此落下一滴眼泪。

现在，人们的年纪上了二十五之后，眼泪变得尤为珍贵起来，绝对不会轻易为什么事而流了，最多是为了曾为他们付出很多的父母才滴上几滴，以报答他们所付出的。

至于我嘛，尽管在玛格丽特的所有用品上找不到一件写有我姓名的开头字母，但由于我不久之前所承认过的那种近乎本能的宽容及怜悯，让我对于她的去世始终无法释怀，虽然，我如此缅怀或许并不值得。

之前我在香榭丽舍大街上常常会碰到玛格丽特，她在一辆由两匹栗色骏马驾着的蓝色四轮轿式马车里坐着，每天都会来这里。她身上的气质不同于她那一类人，而这种气质被她那风姿卓越的容颜衬托得更加与众不同。

这是一些不幸的人儿，她们总是要有人陪在身边才出门的。

任何一个男人都不愿意公开他们与这种女人的暧昧关系，而寂寞是她们所忍受不了的，所以她们总有女伴跟随着。这是一些没有自己的车子、境况不如她们的陪客，抑或是些年华已逝，无论怎么打扮都不再好看的老妇人。如果有人想要探听关于她们所陪同的那位马车主人的一些私密的事情，那么大可放心地去问她们。

但是玛格丽特却不是这样，她总是自己坐车到香榭丽舍大街去，尽可能不吸引人注意。冬天，她会裹着一条开司米大披肩；夏天，她常穿素雅的长裙子。尽管在她喜欢散步的这条路上有不少她所认识的人，有时，她也会对着他们微微绽开一个笑容，但那是一种独属于公爵夫人的微笑，并且唯有他们自己才能够感觉得到。

她与她的那些同行们不同，她习惯在圆形广场和香榭丽舍大街街口之间散步，她的两匹马飞快地把她拉到郊外的布洛涅树林[①]，她在树林边下车了，散了一个小时左右的步，然后再次坐到马车里，疾驰着回家。

直到现在，我所看到的情景仍然清晰一如昨日，对于这位姑娘的早逝我十分惋惜，就如同人们为一件美轮美奂的艺术品的毁坏所惋惜一样。

玛格丽特确实美艳绝伦。

---

① 在巴黎近郊，是当时上流社会人物的游乐胜地。

她的身体太过修长苗条了，但她才能非凡，只需稍微花点儿心思在穿着上，就可以掩盖掉这种天生的小问题。她披着长可及地的开司米大披肩，两边露出绸子长裙宽阔的镶边，那紧贴在她胸前的藏手用的厚厚的暖手笼四周的褶皱都做得非常精致，因此，无论你的眼光怎样挑剔，那线条都是完美的。

她的头长得非常美，仿佛世间珍品，玲珑精巧，这就好像缪塞[①]所说的那样，似乎是她母亲刻意让它生得如此小巧，好对它进行一番精心雕琢。

在一张流露着难以描绘其风韵的鹅蛋脸上，嵌着两只乌黑的大眼睛，上面两道弯弯的细长的眉毛，纯净得宛如人工画就的一般，眼睛上盖着浓密的睫毛，当眼帘低垂时，给玫瑰色的脸颊投去一抹淡淡的阴影；细巧而挺直的鼻子透出一股灵气，鼻翼微鼓，像是对情欲生活的强烈渴望；一张端正的小嘴轮廓分明，柔唇微启，露出一口洁白的牙齿；皮肤的颜色就像未经人手触摸过的蜜桃上的绒衣——这些就是这张美丽的脸蛋给您的大体印象。

黑玉色的头发，不知是天然的还是梳理成的，像波浪一样地鬈曲着，在额前分梳成两大绺，一直拖到脑后，露出两个耳垂，耳垂上闪耀着两颗各值四五千法郎的钻石耳环。

玛格丽特过着热情纵欲的生活，可是她的脸上却呈现出处女般的神态，甚至还带着稚气的特征，这真让我们怎么想也想不明白。

玛格丽特有一幅她自己的画像，是维达尔[②]的杰作，也只有他的画笔才能把玛格丽特画得如此惟妙惟肖。在她去世以后，有几天，这幅画在我手里。这幅画画得跟真人一样，它填补了我记忆力的不足。

这一章里叙述的情节，有的是我之后才知道的，不过我现在就写下来，省得以后再讲这个女人的故事，又得重新提起。

每逢首场演出，玛格丽特必定光临。每天晚上，她都在剧场里或舞

---

① 缪塞（1810—1857 年）：法国浪漫主义诗人和戏剧家。

② 维达尔（1811—1887 年）：法国著名肖像画家，是法国名画家保罗·德拉罗什的学生，擅绘当时巴黎上流社会的人士。

会上度过。只要有新剧本上演，准能在剧场里看到她。她随身总带着三件东西：一副望远镜、一袋蜜饯和一束茶花，而且都是放在底层包厢的前栏上。

一个月里有二十五天玛格丽特戴的茶花是白的，而另外五天她戴的茶花却是红的，茶花颜色变化的原因没有人摸得透，其中的道理我也没办法解释。在她常去的那几个剧院里，那些老观众和她的朋友们都像我一样注意到了这一现象。

除了茶花之外，从来没有人看见过她还戴过别的花。所以，在她常去买花的巴尔戎夫人的花店里，有人替她取了一个外号，叫她茶花女，这个外号后来就这样给叫开了。

此外，就像所有生活在巴黎某一个圈子里的人一样，我知道玛格丽特曾经做过一些翩翩少年的情妇，她对此毫不避讳，那些青年也为此自豪，说明情夫和情妇他们相互都很满意。

然而，据说有一次从巴涅尔[①]旅行回来以后，她只跟一个外国老公爵过日子，在一起差不多三年的时间。这位老公爵是个百万富翁，他想尽办法要玛格丽特跟过去的生活一刀两断。而且，看来她也心甘情愿地顺从了。

关于这件事别人是这样告诉我的：

1842年的春天，玛格丽特身体非常虚弱，气色越来越差，医生嘱咐她到温泉去疗养，她便到巴涅尔去了。

在巴涅尔的病人中间，有一位公爵的女儿，她不仅得了跟玛格丽特同样的病，并且长得跟玛格丽特一模一样，以至于其他人会把她们看作是姐妹俩。不过公爵小姐的肺病已经到了第三期，玛格丽特来巴涅尔没几天，她就离开了人间。

就像有些人不愿意离开埋葬着亲人的地方一样，公爵在女儿去世后仍旧留在巴涅尔。有天早上，公爵在一条小路的拐角处遇见了玛格丽特。

他如同看到他女儿的影子在眼前掠过，便上前拉住了她的手，老泪

① 巴涅尔：法国有名的温泉疗养地区。到这里来治病的大多是贫血症患者。

纵横地搂着她，甚至也不问清楚她究竟是谁，就恳求她允许他去探望她，允许他像爱自己去世的女儿那样爱她。

和玛格丽特一起到巴涅尔去的只有她的侍女，再说她也不怕名声会受到什么损害，就同意了公爵的请求。

在巴涅尔也有一些人认识玛格丽特，他们专程拜访公爵，将戈蒂埃小姐的社会地位据实相告。这对这个老年人来说，是一个沉重的打击，因为这下子就再也谈不上他女儿与玛格丽特还有什么相似之处了，但是已经晚了，这个少妇已经成了他精神上的安慰，几乎成了他赖以生存的唯一的借口和托词。

他丝毫没有责怪玛格丽特，他也没有权利责怪她，但是他对玛格丽特说，她的那种生活方式要是可以改变一下的话，那么作为她的这种牺牲的交换条件，他愿意提供她所需要的一切补偿。玛格丽特答应了。

必须说明的是，生性热情的玛格丽特当时正在病中，她认为过去的生活似乎是她害病的一个主要原因。出于一种迷信的想法，她希望天主会因为她的悔改和皈依而把美貌和健康留给她。

果然，到夏末秋初的时候，由于洗温泉澡、散步、自然的体力消耗和正常的睡眠，她差不多已恢复了健康。

公爵陪同玛格丽特回到了巴黎，他还是像在巴涅尔一样，常常来看望她。

他们这种关系，别人既不知道真正的原因，也不知道确切的动机，所以在巴黎引起了很大的轰动。因为公爵曾以他的万贯家财而著称，现在又以挥霍无度而闻名了。

大家把老公爵和玛格丽特的亲密关系归结为老年人贪淫好色，这是有钱的老头儿常犯的毛病，人们对他们的关系有各种各样的猜测，就是没猜到真相。

其实这位父亲对玛格丽特产生这样的感情，原因十分纯洁，除了跟她有心灵上的交往以外，所有其他关系在公爵看来都意味着乱伦。不适合女儿听的话他始终没有对她讲过一句。

我们对我们的女主人公除了如实描写，根本没想把她写成其他的样子。我们只是说，当玛格丽特待在巴涅尔的时候，这个对公爵许下的承诺她还是能遵守的，事实上她也是遵守了的；可知道要回巴黎，这个惯于挥霍享乐、喝酒跳舞的姑娘似乎就耐不住了，这种唯有老公爵定期来访才可以解解闷儿的孤寂生活使她觉得百无聊赖，无以排遣，过去生活的热辣辣的气息一下子涌上了她的脑海和心头。

而且玛格丽特这次旅行回来以后显得从没有过的妩媚娇艳，她正当二十妙龄，她的病看起来已大有起色，但实际上并未根除，因此激起了她狂热的情欲，这种情欲往往也就是肺病的症状。

公爵的朋友们总是说公爵和玛格丽特在一起有损公爵的名声，她的行为一直被他们监视着，他们想抓住她行为不端的证据。一天，他们来告诉公爵，并向他证实，玛格丽特在肯定了公爵不会去看她的时候，接待了别人，而且这种接待一直延续到第二天。公爵知道后心里非常痛苦。

玛格丽特接受公爵盘问时承认了一切，她坦率地告诉公爵以后不要再关心她了，因为她认为自己已经没有能力信守承诺，而且她也不愿意再接受一个被自己欺骗过的男人的关心。

整整一个星期，公爵没有出现，毕竟他也只能做到如此地步。到了第八天，他又来找玛格丽特了，他请求她还像过去一样同他交往，只要能够同玛格丽特见面，公爵完全不限制她的行动自由，还对她发誓说，即使要了他的命，他也绝对不会再责备她。

这就是 1842 年 11 月或者 12 月，即玛格丽特回到巴黎 3 个月以后的情况。

三

16 日下午 1 点，我去了昂坦街。

刚到大门口，就能听见里面拍卖估价人洪亮的叫喊声。

屋子里人山人海，所有人脸上都写满了好奇。

花街柳巷的名媛都来了。有几个贵妇人正在暗中打量她们，借着参加拍卖会的名目，她们终于又找到机会好好看一看这些不曾相处过的女人了。对于这些女人放荡不羁的享乐生活，也许她们私底下还偷偷羡慕过呢。

F 公爵夫人不小心用胳膊撞到了 A 小姐，A 小姐是现在妓女圈子里红颜薄命的典型人物；D 夫人风流放荡，艳名远播，她正在不停地抬高一件家具的价格，而 T 侯爵夫人正在考虑要不要买下那件家具。那位 Y 公爵，在马德里有传言说他在巴黎破了产，而在巴黎他又被认为在马德里破了产，可事实上他每年的收入都没花完。这时，他一边跟 M 太太聊着天，一边却和 N 夫人眉来眼去。M 太太才华横溢，是一位短篇小说作家，她常常想写下自己所讲的东西，并签上自己的大名。N 夫人很漂亮，她经常在香榭丽舍大街上散步，穿的衣衫只有粉色和天蓝色两种，为她驾车的是两匹健壮的黑马，这两匹马托尼[①]跟她要了一万法

① 当时一位著名的马商。

郎……她全额照付；最后再说说 R 小姐，她靠着自己的才干赢得的地位，让那些依靠嫁妆的上流社会妇人自愧不如，同时那些依靠爱情的女人也对此望尘莫及。她不顾天气寒冷，也来这里购买一些东西，注意到她的人还真多。

在这间屋子里，还有许多人的姓氏的首字母我能够列举出来，对于他们在这里的相遇，也令他们感到惊讶不已。但为了避免读者生厌，我在这里就不一一介绍了。

我觉得必须要说一下的是，当时，所有的人都满心欢喜。这里边的女人有很大一部分跟死者是熟识的，然而这个时候却看不出有丝毫对于死者的怀念。

人们谈笑的声音很大，拍卖估价人用很大的声音叫喊着，声嘶力竭。在拍卖桌前板凳上坐着的那些商人们大叫着想让大家安静一些，以便于他们好好地做生意，但没有人理会他们。像这般各色各样的人混杂于一处，这么喧嚣不堪的集会恐怕是很少能见到的。

我静静地混杂在这堆吵吵嚷嚷的人群里。想到的是，这种情形就在这个可怜的女人死去的卧室近旁上演着，靠拍卖她的家具来偿还她生前的债务，联想到这些，心中的惆怅油然而生。应该说我是来看热闹的，这要比是来买东西更加贴切得多，我注意着拍卖商的面部表情，当物品的价格叫到他们预料之外的高价时，便会有笑容出现在他们的脸上，看上去异常欣喜。

曾在这个女人的妓女生涯中搞过投机买卖的那些人，曾在她的身上谋取过钱财的那些人，在她生命即将走向终结的时候拿着贴了印花的借据来和她纠缠不休的那些人，以及在她去世之后就来收取他们所谓的账款和无耻的高额利息的那些人，可都是所谓的正人君子啊！

怪不得古人说，商人和盗贼所信奉的是同一个上帝，这话说得多好啊！

很快，长裙、开司米披肩、首饰便全部卖完了，快得让人不敢相信，但是这所有的东西里一件我用得到的都没有，我还在等待着。

突然，我听到了这样的叫喊声：

“精装书一册，装订考究，书边烫金，书名《玛侬·莱斯科》[1]，扉页上有几个字，十法郎。”

在经过了一段相当长时间的冷场之后，有人喊道：“十二法郎。”

“十五法郎。”我说。

至于我为何要出这个价格，我自己也不明白，或许是因为那上面写有几个字吧。

“十五法郎。”拍卖估价的人再喊了一遍。

“三十法郎。”最开始出价的那个人又叫了，听语气似乎我的加价使他感到十分恼火。

于是演变为一场较量。

“三十五法郎！”我用同样的口气叫道。

“四十法郎！”

“五十法郎！”

“六十法郎！”

“一百法郎！”

我承认如果我是想要引人注意的话，那么我已经成功达到了目的，因为在这一次争着加码的时候，全场悄然无声，大家都瞅着我，想看看这位似乎一心要得到这本书的先生究竟是何等人也。

我最后一次叫价的口气似乎把我那位对手给镇住了，他想想还是退出这场角逐比较好，这场角逐使我要花十倍于原价的钱去买下这本书。于是，他向我弯了弯腰，特别客气地（尽管迟了些）对我说：“我让了，先生。”

那时也没有别人再抬价，书就是我的了。

因为我怕我的自尊心会再一次激起我的倔脾气，而我手头又不宽裕，我请他们记下我的姓名，把书留在一边，就下了楼。那些目击者肯定对我做了种种猜想，他们一准会暗暗思忖，我花一百法郎的高价来买这么一本书到底是为了什么，这本书随处都可以买到，只要花上十个法郎，最多也不过十五个法郎。

---

① 18 世纪法国普莱服神父（1697—1763 年）写的一部著名的恋爱小说。

一个小时以后，我派人把我买下的那本书取了回来。

扉页上是赠书人用钢笔写的两行秀丽的字迹：

玛侬对玛格丽特

惭愧

下面的署名是阿尔芒·迪瓦尔。

“惭愧”这两个字用在这里是什么意思？

根据阿尔芒·迪瓦尔先生的意见，玛侬是不是承认玛格丽特不论在生活放荡方面，还是在内心感情方面，都要比自己更胜一筹？

在情感方面解释的可能性要大一些的是第二种，因为第一种解释是唐突无礼的，不管玛格丽特对自己有什么样的看法，她也是不会接受的。

我又出去了，一直到晚上睡觉时，才想到那本书。

当然，《玛侬·莱斯科》是一个动人的故事，我虽然熟悉故事里的每一个情节，但不管任何时候，只要手头有这本书，这本书的感情总是吸引着我，我翻开书本，普莱服神父塑造的女主人公仿佛又在眼前，这种情况几乎反复一百多次了。这位女主人公被描绘得栩栩如生，真切动人，犹如我真的见过她似的。此时又出现了把玛侬和玛格丽特做比较这种新情况，更增添了这本书对我的意想不到的吸引力。出于对这个可怜的姑娘的怜悯，甚至可以说是喜爱，我对她愈加同情了，这本书就是我从她那里得到的遗物。诚然，玛侬是死在荒凉的沙漠里的，但是她是死在一个真心爱她的情人的怀抱里的。玛侬死后，这个情人为她挖了一个墓穴，他的眼泪洒落在她身上，并且连同他的心也一起埋葬在里面了。而玛格丽特呢，她像玛侬一样是个有罪的人，也有可能像玛侬一样改邪归正了，但就像我所看到的那样，她是死在富丽豪华的环境里的。她就死在她过去一直睡觉的床上，但在她的心里却是一片空虚，就像被埋葬在沙漠中似的，而且这个沙漠比埋葬玛侬的沙漠更干燥、更荒凉、更无情。

我从几个了解她临终情况的朋友那里听说，玛格丽特在她长达两个月的无比痛苦的病危期间，没有人到她床边给过她一点儿真正的安慰。

我从玛侬和玛格丽特，转而想到了我所认识的那些女人，我看着她们一边唱歌，一边走向那几乎总是千篇一律的最后归宿。

可怜的女人哪！如果说爱她们是一种错误，那么至少也应该同情她们。你们同情见不到阳光的瞎子，同情听不到大自然音响的聋子，同情不能用声音来表达自己思想的哑巴；但是，在一种虚假的所谓廉耻的借口之下，你们却不愿意同情这种心灵上的瞎子、灵魂上的聋子和良心上的哑巴。这些残疾逼得那个不幸的受苦的女人发疯，使她无可奈何地看不到善良，听不到天主的声音，也讲不出爱情、信仰的纯洁的语言。

雨果刻画了玛丽翁·德·萝尔姆；缪塞创作了贝尔娜雷特；大仲马塑造了费尔南特[①]；各个时期的思想家和诗人都把仁慈的怜悯心奉献给娼家女子。有时候一个伟人挺身而出，用他的爱情甚至以他的姓氏来为她们恢复名誉。我之所以要再三强调这一点，因为在那些开始看我这本书的读者中间，估计有很多人已经准备把这本书抛开了，生怕这是一本专门为邪恶和淫欲辩护的书，而且作者的年龄想必更容易使人产生这种顾虑。希望这些人别这么想，还是请继续看下去吧。

我只信奉一个原则：没有受到过“善”的教育的女子，天主几乎总是向她们指出两条道路，让她们能殊途同归地走到他的跟前：一条是痛苦，一条是爱情。这两条路走起来都十分艰难。那些女人在上面走得两脚流血，双手破裂，但她们同时把罪孽的盛装留在沿途的荆棘上，赤条条地抵达旅途的尽头，而这样全身赤裸地来到天主跟前，是不用脸红的。

人们都应该帮助这些英勇的女旅客，并且跟大家说他们曾经遇到过这些女人，因为在宣传这件事情的时候，也就是指出了道路。

要解决这个问题不能简单地在人生道路的入口处竖上两块牌子：一块是告示，写着“善之路”；另一块是警告，写着“恶之路”；并且向那些走来的人说：“选择吧！”而必须像基督那样，向那些受到环境引

---

① 雨果、缪塞和大仲马都是法国19世纪著名作家。玛丽翁·德·萝尔姆、贝尔娜雷特和费尔南特这三个人都是他们作品中写到的妓女。

诱的人指出从第二条路通往第一条路的途径；尤其是不能让这些途径的开头那一段太过险峻，显得太不好走。

基督教关于浪子回头的动人的寓言，目的就是劝告我们对人要仁慈，要宽容。耶稣对那些深受情欲之害的灵魂充满了爱，他喜欢在包扎他们伤口的时候，从伤口本身取出治伤口的香膏敷在伤口上。因此，他对玛特莱娜说："你将获得宽恕，因为你爱得多①。"这种崇高的宽恕行为自然唤起了一种崇高的信仰。

我们为什么要比基督严肃呢？这个世界为了显示它的强大，故作严厉，我们也就顽固地接受了它的成见。为什么我们要和它一样丢弃那些伤口里流着血的灵魂呢？从这些伤口里，像病人渗出污血一样渗出了他们过去的罪恶。这些灵魂在等待着一只友谊的手来包扎他们的伤口，治愈他们心头的创伤。

我这是在向我同时代的人呼吁，向那些伏尔泰先生的理论幸而对其已经不起作用的人们呼吁，向那些像我一样的懂得十五年以来人道主义正在突飞猛进的人呼吁。善恶的学识已经得到公认，信仰又重新建立，我们对神圣的事物又重新开始尊重。要是还不能说这个世界是十全十美的，起码可以说比以前大有改善。聪明人全都致力于同一个目的，一切伟大的意志都服从于同一个原则：我们要善良，要朝气蓬勃，要真实！邪恶只不过是一种空虚的东西，我们要为行善而感到自豪，最重要的是，我们的信心一定不能丧失。不要轻视那些既不是母亲、姐妹，又不是女儿、妻子的女人，不要减少对亲族的尊重和对自私的宽容。既然上天对一个忏悔的罪人比对一百个从来没有犯过罪的正直的人更加喜欢，就让我们竭力讨上天的喜欢吧，上天会赐福给我们的。在我们前进的路上，宽恕那些被人间的各种欲望断送前途的人吧，也许一种神圣的希望能够令他们得到救赎，正如那些老婆子在劝人按她们的方法接受治疗时所说的：就算没有任何好处，也不会有一丁点儿坏处。

当然，我想从细小的论题里得出伟大结论的行为似乎狂妄、大胆了一些。但是，一切伟大都归于渺小，我对这种说法深信不疑。孩子虽然

① 见《圣经·路加福音》第七章，第四十四至四十八节。

幼小，但他终将长大成人；脑袋虽然狭窄，但思想无穷无尽；眼珠儿只有一丁点儿大，却能够看到广阔的天地。

四

拍卖在两天之后全部结束，拍得的钱款共计十五万法郎。

这笔资产的三分之二归于债主们，剩下的三分之一由玛格丽特的家属继承，包括她的一个姐姐和一个小外甥。

当她的姐姐看见公证人的信，知道自己能够从妹妹那里继承五万法郎的遗产时，彻底惊呆了。这位年轻姑娘已经有六七年没有跟她的妹妹见过面了。自从她的妹妹失踪以后，无论是她，还是别人，都没有得到任何关于她妹妹的消息。

这位姐姐匆匆忙忙地来到巴黎。所有认识玛格丽特的人都感到难以置信，他们实在想不到玛格丽特财产的唯一的继承人竟然是一个来自乡下的美丽胖姑娘，她应该从来没有离开过家乡呢。

她忽然有了这么一大笔钱财，甚至连这笔意想不到的钱财是怎么来的都不知道呢。

之后有人跟我说，这个姐姐回到村子里以后，对于她妹妹的离世感到十分难过。这笔钱被她以四厘五的利息存了起来，这也一定程度上抵偿了她的悲伤。

在巴黎这谣言肆意的充斥着罪恶的城市，随处都有人在议论着这些事，然而随着时光的一去不返，它们终将会被人们遗忘于脑后。如果不是我忽然又遇上了另外一件事，关于我为何会参与这些事情，恐怕连我自己都要忘记了。在这件事情之后，我对玛格丽特的身世有了一些了解，并且知道了一些非常动人的细节。于是萌生了一个念头：把这个故事写下来。现在我就来写这个故事。

售完家具之后，那所住宅被重新出租了，三四天后的一个早上，有人来我家拜访。

我的仆人，或者说是我那兼做仆人的看门人去开了门，然后给我拿过一张名片来，跟我说客人要求见我。

我看了一眼名片，上面写着：阿尔芒·迪瓦尔。

这个名字我见过，但是在哪里见过呢，我试着在记忆里寻找，想起来了，是在《玛侬·莱斯科》这本书的扉页上。

把这本书送给玛格丽特的那个人为什么要见我呢？我让我的仆人立刻把那个正在外面等着的人请了进来。

于是，一个头发金黄的年轻人出现在我的面前。高大的身材，脸色苍白，身上穿着一套旅行装，看起来这套衣服已经穿了不少天了，甚至到巴黎之后都不曾刷刷，上面布满了灰尘。

迪瓦尔先生非常激动，他似乎并没有想掩饰自己的情绪，就这样眼里含着泪、声音颤抖地对我说："先生，恳请您原谅我的唐突，原谅我就这样衣冠不整地来拜访您。不过年轻人是不怎么讲究这些俗套的，并且我实在是忍不住想要在今天就见到您。所以，尽管我的行李已经被我送到旅馆去了，但我却没有时间在旅馆休息一下，便立刻来拜访您了。即使时间尚早，但我还是害怕会见不到您。"

我让迪瓦尔先生坐在炉火边。他一边就座，同时从口袋里掏出了一块手帕，捂了一会儿脸。

"您一定在疑惑，"他叹着气说，"一个您从来没有见过的人，在这个时间里，身穿这样的衣服，哭成这个样子来找您，会跟您提出怎样的请求呢。

"我来这里的目的非常简单，先生，我是来请求您的帮助的。"

"请讲吧，先生，我乐意为您效劳。"

“您有参加玛格丽特·戈蒂埃家里的拍卖对吗?”

说到玛格丽特的名字，这个年轻人再也无法控制激动的情绪了，他只好抬起双手，捂住了眼睛。

“您一定会觉得我很可笑，”他又说，“请再一次原谅我这副失礼的模样。您这么耐心地听我说话，请相信，我是不会忘记您的这种好意的。”

“先生，”我对他说，“如果我真的能为您效劳，可以稍许减轻您的一些痛苦的话，请快点告诉我，我能为您干些什么。您会知道我是一个非常乐意为您效劳的人。”

迪瓦尔先生的痛苦实在令人同情，我无论如何也要让他对我满意。

于是他对我说：

“在拍卖玛格丽特财产的时候，您是否买了什么东西?”

“是的，先生，买了一本书。”

“是《玛依·莱斯科》吧?”

“是啊!”

“这本书还在您这儿吗?”

“在我卧室里。”

阿尔芒·迪瓦尔听到这个消息，仿佛心里放下了一块石头，立刻向我道了谢意，好像这本书仍在我这儿就已经是帮了他一点儿忙似的。

于是我站起来，走进卧室把书取来，交给了他。

“就是这本，”他说，一面瞧了瞧扉页上的题词一面翻看起来，“就是这本。”

两颗大大的泪珠滴落在书页上。

“那么，先生，”他抬起头来对我说，这时候他根本顾不上去遮掩他曾经哭过，并且几乎又要出声哭泣了，“您很重视这本书吗?”

“先生，您为什么要这么问?”

“因为我想请求您把它让给我。”

“请原谅我的好奇，”这时我说，“把这本书送给玛格丽特·戈蒂埃的就是您吗?”

“就是我。”

“这本书归您啦，先生，您拿去吧，这本书可以物归原主我很开心。”

“但是，”迪瓦尔先生不好意思地说，“那么您付掉的书款我起码得还给您。”

“请准许我把它奉赠给您吧。在这样一次拍卖中，区区一小本书的价钱是算不了什么的，我已经忘记这本书花了多少钱了。”

“您花了一百法郎。”

“是啊，”我说，这次轮到我觉得尴尬了，“您是怎么知道的?”

“这很简单，我本来想及时来到巴黎，赶上玛格丽特的遗物拍卖，但是直到今天早晨我才赶到。说什么我也要得到她一件遗物，我就赶到拍卖估价人那儿，我请他让我查询了一下出售物品的买主名单。我查到这本书是您买的，就决定上这儿来请求您割爱，不过您出的价钱使我担心，您买这本书会不会也是为了某种纪念呢?”

阿尔芒说这话，很显然有一种担心的意思，他是怕我和玛格丽特之间也有他和她那样的交情。

我对他说让他放心。

“我不过是见到过她罢了，”我对他说，“一个年轻人对一个他乐于遇见的漂亮女人的去世会产生的那种感受，也就是我的感受。我也不知道为什么想在那次拍卖中买些东西，后来有一位先生拼命跟我抬价，似乎故意不让我买到这本书。我也是一时高兴，逗他发火，才一个劲儿地跟他争着买这本书。因此，我再跟您说一遍，先生，现在这本书是您的了，并且我再一次请求您接受它，不要像我从拍卖估价人手里买到它那样从我手里买回去，我还希望这本书能有助于我们之间结成更深厚长久的友谊。”

“太好了，先生，”阿尔芒紧紧握住我的手说，“我接受了。您对我的好意，我铭诸肺腑，终生难忘。”

关于玛格丽特的事情我特别想问问阿尔芒，因为书上的题词，这位青年的长途跋涉和他想得到这本书的强烈愿望都引起了我的好奇心，但是我又不敢贸然向我的客人提出这些问题，唯恐他认为我是为了有权干预他的私事而拒绝接受他的钱。

我的心意估计让他看出了，因为他对我说："您看过这本书吗？"

"全看过了。"

"您有没有想过我写的两行题词是什么意思？"

"我一看这两行题词就知道，在您眼里，接受您赠书的那位可怜的姑娘的确是不同寻常的，因为我不愿意把这两行字看作是一般的恭维话。"

"您说得对，先生，这位姑娘是一位天使，您看，"他对我说，"看看这封信！"

他递给我一张信纸，明显这封信已经被看过很多遍了。

我打开一看，上面是这样写的：

亲爱的阿尔芒：

收到了您的来信，您的心地还是跟从前一样善良，我真要感谢天主。是的，我的朋友，我病了，而且是不治之症；但是您还是这样关心我，这就大大地减轻了我的痛苦。可能我的日子不多了。我刚才收到了您那封写得那么感人的信，可是我没福再握一握写信人的手了。要是有什么东西可以医好我的病，那么，这封信里的话就是。我不会再见到您了，您和我之间远隔千里，而我又死在眼前。可怜的朋友！您的玛格丽特现在已经和过去大不一样了。她现在这个样子让您看见，倒不如干脆不见的好。您问我能否宽恕您，我从心底里原谅您。朋友，因为您以前待我不好恰恰证明了您是爱我的。我卧床已经一个月了，您对我的尊重我十分看重，因此我每天都在写日记，从我们分离的时候开始一直写到我不能握笔为止。

如果您是真的关心我，阿尔芒，您回来以后，就到朱利·迪普拉那儿去。她会把这些日记交给您，您在里面会找到我们之间发生这些事情的原因，以及我的解释。朱利待我非常好，我们经常在一起谈到您。收到您信的时候她也在旁边，我们都是哭着看的信。

要是我们收不到您的回信，朱利负责在您回到法国的时候

把这些日记交给您。不用感谢我写了这些日记，我一生中仅有的几天幸福时光，我每天都可以通过这些日记重温，这对我是很有益的。如果您看了这些日记以后，可以对过去的事有所谅解的话，那么对我来说就是得到了永久的安慰。

我想给您留一些能够使您永远想着我的纪念品，但是我家里的东西已经全被查封了，这里的东西都不属于我了。

我的朋友，您明白了吗？马上我就要死了，在我的卧室里就能听到客厅里看守人的脚步声。他是我的债主们派来的，为的是不准别人拿走什么东西。即使我不死，也已经一无所有了。希望他们一定要等我断气以后再拍卖啊！

啊！人是多么残酷无情！不！更应该说天主是铁面无私的。

好吧，亲爱的，您来参加我的财产拍卖，这样您就可以买到一些东西。因为，如果我现在为您留下一件即使是最最微不足道的东西，要是让人知道了，别人就可能控告您侵吞查封的财产。

我要离开的日子是多么凄凉啊！

在死之前要是我能再见您一面，那该有多好啊！照目前情况看，我们一定是永别了。朋友，请原谅我不能再写下去了。那些说要把我的病治好的人老是给我放血，我都筋疲力尽了，我的手不听使唤了。

玛格丽特·戈蒂埃

的确，最后几个字写得十分不清楚，几乎都没办法辨认。

我把信还给了阿尔芒。他刚才一定在我看信的时候，又在心里把它背诵了一遍。因为他一面把信拿回去一面对我说："谁会相信这是一个风尘女子的手笔！"他一下子勾起了旧日情思，心情显得很激动。他对着信上的字迹凝视了一会儿，最后把信拿到唇边吻着。

"当我想到，"他接着又说，"我不能在她死前再见她一面，而且再也看不到她；又想到她对我比亲姐妹还好，而我却让她这样死去时，我实在不能原谅自己。”

“死了！死了！她临死还在想着我，还在写信，喊着我的名字。可怜的，亲爱的玛格丽特啊！”

阿尔芒听任自己思绪翻腾，热泪纵横，一面把手伸给我，一面继续说道：“一个陌生人看到我为这样一个姑娘的死如此悲痛，可能会认为我太傻，那是因为他不知道我过去是怎样折磨这个女人的。我那时是多么狠心啊！她又是多么温柔，受了多大委屈啊！我原来以为是我在饶恕她；而今天，我觉得是我根本不配接受她赐给我的宽恕啊！要是能够在她脚下哭上一个小时，让我少活十年，我也心甘情愿。”

大凡不了解一个人痛苦的原因而要安慰他，那是不太容易的。然而我对这个年轻人却产生了强烈的同情心。他这么坦率地向我倾吐他的悲哀，不由得使我相信，我的话对他也不是一点作用都没有。于是我对他说：“您有亲戚朋友吗？想开一些，去看看他们，他们会安慰您；因为我，我只能同情您。”

“是啊，”他站起来说，一面在我的房间里跨着大步来回走着，“我让您讨厌了，请原谅我，我没有考虑到我的痛苦跟您毫无关系，我没有考虑到我跟您唠叨的那件事，您根本不可能也不会感兴趣。”

“您误会我的意思啦，我完全听从您的吩咐。可惜我没办法减轻您的痛苦。如果我，或者我的朋友可以减轻您的苦恼，总之不管您在哪方面用得到我的话，我希望您知道我是非常愿意为您效劳的。”

“请原谅，请原谅，”他对我说，“痛苦使人神经过敏，请让我再待一会儿，好让我抹抹眼泪，省得街上的行人把我当成一个呆子，这么大一个人还哭鼻子。您刚刚把这本书给了我，叫我很快活。您对我的好意我永远也没法报答您。”

“那么您就给我一点儿友谊，”我对阿尔芒说，“您就跟我谈谈您为什么这样伤心，把心里的痛苦讲出来，人就会感到轻松一些。”

“您说得对，但是我今天直想哭。我只能跟您讲些没头没脑的话，这件事我改天再跟您说，您就会明白我为这个可怜的姑娘感到伤心是有道理的。而现在，”他最后一次擦了擦眼睛，照了照镜子对我说，“希望您不要把我当作一个傻瓜，并且允许我再来拜访您。”

这个年轻人的眼光又善良，又温柔，我几乎想拥抱他。

而他呢，眼眶里又闪现出了泪花。他看到我已经发觉，便把目光从我身上移开了。

“好吧，”我对他说，“要振作起来。”

“再见。”他对我说。

他强忍住泪水，从我家里逃了出去，因为很难说他是走出去的。

我撩起窗帘，看到他登上了在门口等着他的轻便双轮马车。一进车厢，他的眼泪就不听使唤了。他拿起手帕掩面痛哭起来。

五

在很长一段时间里，阿尔芒杳无音讯，但玛格丽特倒是常常有人提起。

我不知道你是否也曾有过这种感觉：一个看起来跟你素不相识或者至少没有丝毫关系的人，一旦有个人跟你提起他的姓名，那么有关这个人的各种零碎的见闻就会慢慢汇集起来，你的朋友们从前不曾跟你聊过的事，现在他们也都会和你谈起，你几乎就会觉得这个人仿佛就在身边。你会发现，在你的生活里，这个人曾经多次出现，只是没有引起你的注意罢了。你会在别人和你说的那些故事里面找到某些东西，发现它们与你的生活中的某些经历相吻合、相一致。我跟玛格丽特倒并不是这样，因为我以前见过她，遇见过她。我还记得她的长相，知道她的习惯。但是，自从那次拍卖之后，我就常常听到有人提起她的名字。在前面一章里，我曾经提到过这样一种情形，这个名字与一个巨大的悲痛牵扯在一起。因此，我越来越觉得诧异，也越来越觉得好奇。

之前，我从来不曾跟我的朋友们提起玛格丽特；而如今，我只要看见他们便会问："您认识一个女人吗？她的名字叫玛格丽特·戈蒂埃。"

"茶花女吗？"

"就是她。"

"相当熟悉呢！"

"相当熟悉呢！"在他们说这句话的时候，某些人脸上还带有那种含义显而易见的微笑。

"那么，这是一个怎样的姑娘呢？"我接着问道。

"一个不错的姑娘。"

"只是这样吗？"

"我的天！是啊，比其他姑娘更聪明一些，或许也比她们更善良一些。"

"您还知道一些关于她别的特别的事情吗？"

"她曾经让 G 男爵荡尽家财。"

"只有这一点吗？"

"她还曾是……老公爵的情妇。"

"她确实是他的情妇吗？"

"人们都这样说，不管怎样，那老公爵曾给了她很多的钱。"

听到的总不外乎这些泛泛之谈。

然而，我尤其想要了解一些关于玛格丽特和阿尔芒之间的故事。

有一天，我遇到一个人。他和那些风月场中的名媛交往密切。我问他："您认识玛格丽特·戈蒂埃吗？"

回答又是"相当熟悉"。

"她是个什么样子的姑娘呢？"

"一个十分美丽而又心地善良的姑娘。对于她的去世，我非常难过。"

"她有没有一个情人呀，叫阿尔芒·迪瓦尔？"

"一个高个儿吗，长着金黄色的头发?"

"是啊!"

"确实有这样一个人。"

"阿尔芒这个人怎么样呢?"

"一个年轻人，他把自己仅有的一点钱和玛格丽特两人一起全部花掉了，我相信那是他全部的钱。之后他只好离开了她。据说他简直要为她疯掉了。"

"那么玛格丽特呢?"

"她也非常爱他，大家都这样认为。但是这种爱跟那些姑娘们的爱没什么差别，总不可以向她们要求她们给不了的东西吧。"

"阿尔芒后来怎么样了呢?"

"我全无所闻。我们跟他不熟。他和玛格丽特在乡下同居了五六个月。不过那是在乡下，她回到巴黎时，他就走了。"

"以后您就没有看见过他吗?"

"没有。"

我也没有再看见过阿尔芒。我甚至在琢磨，他来我家，是不是因为他知道了玛格丽特刚刚死去的消息而勾起了旧情，因此才格外悲伤。我思忖他也许早就把再来看我的诺言随同死者一起抛到九霄云外去了。

对别人来说很可能如此，可是阿尔芒不会。他当时那种悲痛欲绝的声调是非常真诚的。因此我从这一个极端又想到了另外一个极端，我想阿尔芒一定是悲痛成疾，我得不到他的消息，是因为他病了，兴许已经死了。

我不由自主地关心起这个年轻人来了。这种关心也许夹杂着某些私心，说不定在他的这种痛苦下，我已揣测到有一个缠绵悱恻的爱情故事；可能也是因为我急于想知道这个故事，所以才对阿尔芒的销声匿迹感到如此不安的。

既然迪瓦尔先生没有再来看我，我就决定到他家里去。要找一个拜访他的理由并不难，但他的地址我并不知道。我四处打听，但谁都没法告诉我。

我就到昂坦街去打听。玛格丽特的看门人可能知道阿尔芒住在哪儿。看门人已经换了一个新的，他跟我一样不知道阿尔芒的住址。于是我就问戈蒂埃小姐葬在哪里。在蒙马特公墓。

已经是4月份了，天气晴朗，阳光明媚，坟墓不再像冬天时那样显得阴森凄凉了。总之，气候已经非常暖和，活着的人因此想起了死去的人，就去给他们扫墓。我在去公墓的路上想着，我只要观察一下玛格丽特的坟墓，就可以看出阿尔芒是不是还在伤心，也许还会知道他现在究竟怎么样了。

我走进公墓看守的房间，我问他在2月22日那天，是否有一个名叫玛格丽特·戈蒂埃的女人葬在蒙马特公墓里。

那个人翻阅一本厚厚的簿子，所有到这个最后归宿地的人的姓名，簿子上都按号码顺序登记着。接着他回答我说，2月22日中午，确实有一个叫这个名字的女人在这里下葬。

我请他叫人把我带到她的坟上去，因为在这个死人的城市里，就像在活人的城市里一样，街道交错纵横，要是没有人指引，很难辨清方向。看守叫来一个园丁，并关照他一些必要的事情。园丁插嘴说："我知道，我知道……"接着转身对我说，"啊！那个坟墓好认得很！"

"为什么呢？"我问他。

"因为那上面的花和别的坟上的花完全不一样。"

"那个坟墓是您照管的吗？"

"是的，是一个年轻人托我照管的。先生，希望所有死者的亲属都能像他一样惦念死者就好了。"

拐了几个弯以后，园丁站住了，对我说："我们到了。"

果然，一块方形花丛呈现在我眼前，如果没有一块刻着名字的白色大理石在那里作证的话，没人认得出这是一个坟墓。

这块大理石笔直地竖在那儿，一圈铁栅栏把这块买下的坟地围了起来，坟地上铺满了白色的茶花。

"您觉得怎么样？"园丁问我。

"美极了。"

"只要有一朵茶花凋谢了，我就按照吩咐另换新的。"

"那么是谁吩咐您的呢？"

“一个年轻人，他第一次来的时候哭得十分伤心，大概是死者的老相好，因为那个女的好像不是个规矩人。据说她过去长得很漂亮。先生，您认得她吗？”

“认得。”

“跟那位先生一样吧。”园丁带着狡黠的微笑对我说。

“不一样，我从来也没有跟她讲过话。”

“而您倒来这里看她，您的心肠可真好！因为到这公墓里来看这个可怜的姑娘的是很少的！”

“从来没有人来过这里吗？”

“除了那位年轻先生来过一次以外，没有别人来过。”

“就来过一次？”

“是的，先生。”

“之后他没有来过吗？”

“没有来过，但是他回来以后会来的。”

“这么说他是出门去了？”

“是的。”

“您知道他上哪儿去了？”

“我想他是到戈蒂埃小姐的姐姐那儿去了。”

“他到那儿去做什么？”

“他去恳求玛格丽特的姐姐同意把死者挪个地方，他要把玛格丽特葬到别处去。”

“为什么不让她葬在这儿呢？”

“您知道，先生，人们对死人有各种看法。这种事，我们这些人每天都看得到。这块坟地的租用期才五年，而这个年轻人想要有一块永久性出让的、面积更大一点的坟地，最好是新区里的地。”

“什么新区？”

“就是现在正在出售的，靠左面的那些新坟地。如果这个公墓以前一直像现在这样管理，那么很可能是世界上独一无二的了。但是要使一切都做得那么尽善尽美，那还差得远呢。再说人们又是那么可笑。”

“您这是什么意思？”

“我的意思是说，有些人一直到了这里还要神气活现。就说这位戈蒂埃小姐，好像她生活有点儿放荡，我用了这个词请不要介意。现在，这位可怜的小姐，她死了；而如今没有给人落下过什么话柄，我们却天天在她们坟上浇花的女人不是同样有的是吗？但是，那些葬在她旁边的死者的家里人知道了她是个什么样的人以后，亏他们想得出，说他们反对把她葬在这儿，还说这种女人应该像穷人一样，另外有个专门埋葬的地方。谁看见过这种事？我狠狠地把他们顶了回去：有些阔佬来看望他们死去的亲人，一年来不了四次，他们还自己带花束，看看都是些什么花！他们说要为死者哭泣，就是不肯花钱修理坟墓；他们在死者的墓碑上写得悲痛欲绝，却从未掉过一滴眼泪，还要来跟他们亲属坟墓的邻居找麻烦。您信吗？先生，我不认识这位小姐，她做过些什么事我也不清楚，但是我喜欢她，这个可怜的小姑娘，我关心她，我给她拿来的茶花价格公道，她是我偏爱的死人。先生，我们这些人没有办法，只能爱死人，因为我们忙得不可开交，几乎没有时间去爱别的东西了。”

我望着这个人，用不着我多做解释，一些读者就会懂得，在他讲这些话的时候我听了内心十分激动。

他可能也看得出来。因为他接着又说：

“听说有些人为了这个姑娘倾家荡产，还说她有一些十分迷恋她的情人，嗨，当我想到竟然连买一朵花给她的人也没有，难免感到又是奇怪又是悲哀。不过，她也没有什么可抱怨的，因为她总算还有一个坟墓吧，虽说只有一个人怀念她，这个人也已经替别人做了这些事。但是我们这里还有一些和她身世相同、年龄相仿的可怜的姑娘，她们被埋在公共墓地里。每当我听到她们可怜的尸体被扔进墓地的时候，我的心总像被撕碎了一样地难受。只要她们一死，就谁也不管她们了。干我们这一行的，尤其是如果还有些良心的话，有时是快活不起来的，您说有什么办法呢？我也是没办法的啊！我有一个二十岁的美丽的大姑娘，每当有人送来一个和她一样年纪的女尸时，我就想到了她，不管送来的是一位阔小姐，还是一个流浪女，我都难免要动感情。

“这些啰唆事您一定听腻了吧，何况您也不是来听这些故事的。他们要我带您到戈蒂埃小姐的坟上来，这儿就是，您还有什么事要我做吗？”

“您知不知道阿尔芒·迪瓦尔先生的地址？”我问这个园丁。“我知道，他住在……街，您看见这些花了吧，买这些花的钱我就是到那儿去收的。”

“谢谢您，我的朋友。”

我最后看了一眼这个铺满鲜花的坟墓，不由自主地产生了一个念头，想探测一下坟墓有多深，好看看被丢在泥土里的那个漂亮的女人到底怎么样了，然而，我心情忧郁地离开了玛格丽特的坟墓。

“先生是不是想去拜访迪瓦尔先生？”走在我旁边的园丁接着说。

“是的。”

“我肯定他还没有回来，否则他早到这儿来了。”

“那么您可以肯定他没有忘记玛格丽特吗？”

“不但可以肯定，而且我可以打赌，他想替玛格丽特迁葬就是为了想再见她一面。”

“这是怎么回事？”

“上次他到公墓来时第一句话就是‘怎样可以再见到她呢？’这样的事只有迁葬才办得到。我把迁葬需要办的手续一一告诉了他，因为您知道，要替死人迁葬，必须先验明尸身，而这要得到死者家属的同意才能做，而且还要由警长来主持。迪瓦尔先生去找戈蒂埃小姐的姐姐就是为了征得她的同意。他一回来肯定会先到我们这儿来的。”

我们走到了公墓的门口，我再一次谢了园丁，给了他几个零钱，就向他告诉我的那个地址走去。

阿尔芒还没有回来。

我在他家里留了话，请他回来以后就来看我，或者通知我在什么地方可以找到他。

第二天早晨，我收到了迪瓦尔先生的一封信，告诉我他已经回来了，请我去他家里，还说他因为疲劳过度不能出门。

六

我去找阿尔芒的时候，他正在床上躺着呢。

他看到了我，马上向我伸出他滚烫的手。

“您在发烧。”我对他说。

“不碍事，只是路上赶得太急，感到疲劳罢了。”

“您去找过玛格丽特的姐姐了吗？”

“是啊，是什么人告诉您的啊？”

“我已经知道了，您想要办的事情谈好了吗？”

“谈好了，只是，您是怎么知道我出门了呢？谁告诉您我出门去干什么的？”

“公墓的园丁。”

“那座坟墓您见到了吗？”

我几乎不敢回答，因为从他说这句话的语调我可以听出来他还是非常痛苦，跟我上次见到他的时候差不多。只要触及这个让他悲伤欲绝的话题，无论是他自己的思想还是别人的谈话，他便久久无法控制自己那激动的心情。

所以我只是点了一下头，表示我到过那里了。

“坟墓照管得很好吗？”阿尔芒接着说。

他的脸颊上滚下两大颗泪珠，他忙转过头不想让我看见，我装作什么都没有看到，试着转移话题，聊聊别的事情。

我对他说："您走了大概有三个星期吧？"

阿尔芒抬起手擦了擦眼睛，回答我说："整整三个星期。"

"真是一段漫长的旅程啊。"

"啊，我并不是一直在路上，有两个星期我处于生病中，如果不是因为这个我早就回来了，但我刚刚到了那地方便发起烧来，只好在房间里待着。"

"您怎么不等病好了再回来呢。"

"若再在那地方多待上一星期，或许我就永远回不来了。"

"您回来了，那请多保重，您的朋友们会前来探望您的。如果您没有异议，我便是第一个前来看望您的朋友。"

"我再躺两小时就得起来了呢。"

"那您真是太鲁莽啦！"

"我一定得起来。"

"什么事情让您这么着急去办呢？"

"我得去警长那儿一趟。"

"为什么您不把这件事情委托给别人呢？若您亲自去会使您的病情加重的。"

"只有等这件事情办妥当了我的病才能好，我必须得见见她。自从我得知她去世的消息之后，特别是在看到她的坟墓之后，我就再也睡不着了。我们分开的时候她还是那样的年轻漂亮，现在居然不在人世了，这真让我不敢信。我必须得亲眼看见才相信。我必须得看看上帝把我心爱的人弄成什么样了，或许我那悲痛的思念之情在看到这个恐惧的景象之后便会治愈。您可以陪我一起去吗？……假如您对这类事情不是很讨厌的话。"

"她姐姐对您说了些什么？"

"没说什么，她听到有一个陌生人要买一块地替玛格丽特造一座坟墓，觉得十分惊奇，对于我提出的要求她很快便同意了，在授权书上签了名。"

"听我的话，迁葬这件事等您的病完全好了之后再去吧。"

"唉，请您不必担心，我不会有事的。再说，如果我不趁这会儿有决心马上把这事情办妥，或许我会疯掉的，办好了这件事我的痛苦才能减轻。我跟您发誓，只有看一眼玛格丽特，我才可以平静下来。这可能是发高烧时的期盼，不眠之夜的幻想，谵妄发作时的反应；至于看到她之后，我是不是会像朗塞①先生那样成为一个苦修士，那要等到以后再说了。"

"这个我懂，"我对阿尔芒说，"愿为您效劳。您看到朱利·迪普拉没有？"

"看见了。啊！就在我上次回来的那一天看见她的。"

"玛格丽特的日记她交给您了吗？"

"这就是。"

阿尔芒从枕头下面取出一卷纸，但立刻又把它放了回去。"这些日记里写的东西我都能背下来了，"他对我说，"三个星期以来，这些日记我天天都要读上十来遍。您以后也可以看看，但要再过几天，等我稍微平静一些，等我可以把这些日记里面写的有关爱情和内心的表白都解释给您听时，您再看吧。此时，我要请您办一件事。"

"什么事？"

"您有一辆车子停在下面吧？"

"是啊。"

"那么，您能拿着我的护照到邮局去一趟吗，问问有没有寄给我的留局待领的信件？我的父亲和妹妹给我的信一定都寄到巴黎来了，上次我离开巴黎的时候那么仓促，动身之前也没有时间去打听一下。等您去邮局回来之后，我们再一起去把明天迁葬的事通知警长。"

阿尔芒把护照交给我，我就到让-雅克-卢梭大街去了。

那里有两封给迪瓦尔先生的信，我拿了就回来了。

我回到他家里的时候，阿尔芒已经穿着整齐，要出门了。

"谢谢，"他接过信对我说，"是啊，"他看了看信封上的地址又接

---

① 朗塞（1626—1700年）：年轻时生活放荡，在他的情妇蒙巴宗夫人死后，他就笃信宗教，成了一个苦修士。

着说，“是啊，这是我父亲和我妹妹寄给我的。他们一定搞不明白我为什么没有回信。”

他打开了信，几乎没有看，只是匆匆扫了一眼，每封信都有四页，一会儿他就把信折了起来。

“我们走吧，”他对我说，“明天我再回信。”

我们到了警长那儿，阿尔芒把玛格丽特姐姐的委托书交给了他。

警长收下委托书，换了一张给公墓看守人的通知书交给他；约定第二天上午十点迁葬。事前一个小时我去找阿尔芒，然后一起去公墓。

我对参加这样一次迁葬也很感兴趣，老实说，我一夜都没睡好。

连我的脑子里都是乱糟糟的，可想而知这一夜对阿尔芒来说是多么漫长啊！

第二天早上九点钟，我到了他的家里，他脸色苍白得吓人，但神态还算安详。

他对我笑了笑，伸过手来。

几支蜡烛都点完了，在出门之前，阿尔芒拿了一封写给他父亲的厚厚的信，他一定在信里倾诉了他夜里的感想。

半个小时以后，我们到达蒙马特公墓。

警长已经在等我们了。

大家慢慢地向玛格丽特的坟墓走去，警长走在前面，我和阿尔芒在警长后面几步远的地方跟着。

我觉得我同伴的胳膊在不停地抽搐，就像有一股寒流突然穿过他的全身。因此，我瞧瞧他，他也懂得了我目光的含义，冲我微笑了一下。可是从他家里出来后，我们连一句话也没有说过。

快要走到坟前时，阿尔芒停了下来，抹了抹脸上豆大的汗珠。

我也利用这个机会舒了一口气，因为我自己的心也好像被虎钳紧紧地钳住了似的。

在这么痛苦的场合，难道还会有什么乐趣可言！当我们来到坟前，园丁已经把所有的花盆挪走了，铁栅栏也搬开了，有两个人正在挖土。

阿尔芒靠在一棵树上望着。

好似他全部的生命都集中在他那两只眼睛里了。

突然，一把鹤嘴锄触到了石头，发出了刺耳的声音。

一听到这个声音，如同遭到电击一样的阿尔芒往后一缩，并使劲握住我的手，把我的手也握痛了。

一个掘墓人拿起一把巨大的铁铲，一点一点地清除墓穴里的积土；后来，墓穴里只剩下盖在棺材上面的石块，他就一块一块地往外扔。

我一直在观察阿尔芒，时刻担心他那明显压制着的感情会把他压垮；但是他一直在望着，两眼发直，瞪得大大的，像疯子一样，只有从他微微颤抖的脸颊和双唇上才看得出他的神经正处在极度紧张的状态之中。

至于我呢，我能说的只有一件事，那就是我很后悔到这里来。

棺材全部露出来以后，警长对掘墓的工人们说："打开!"

这些人就照办了，仿佛这是世界上最简单的一件事。

棺材是橡木制的，他们开始旋取棺材盖上的螺钉，由于地下的潮气，这些螺钉都锈住了。很费劲才把棺材打了开来，一股恶臭迎面扑来，尽管棺材四周都是芳香扑鼻的花草。

"啊，天哪！天哪!"阿尔芒喃喃地说，脸色惨白。

连掘墓人也向后退了。

一块巨大的白色裹尸布裹着尸体，从外面可以看出尸体的轮廓。尸布的一端几乎完全烂掉了，露出了死者的一只脚。

我几乎要晕过去了，就在我现在写到这几行的时候，这一幕景象似乎还在眼前。

"我们快一点儿吧。"警长说。

两个工人中的一个动手拆开尸布，他抓住一头把尸布掀开，一下子露出了玛格丽特的脸庞。

那模样看着实在吓人，说起来也使人毛骨悚然。

一对眼睛只剩下了两个窟窿，嘴唇烂掉了，雪白的牙齿咬得紧紧的，干枯而黑乎乎的长发贴在太阳穴上，稀稀拉拉地掩盖着深深凹陷下去的青灰色的面颊。不过，我还是可以从这一张脸庞上认出我以前经常见到的那张白里透红、喜气洋洋的脸蛋。

阿尔芒死死地盯着这张脸，嘴里咬着他掏出来的手帕。

我仿佛有一只铁环紧箍在头上，眼前一片模糊，耳朵里嗡嗡作响，我只能把我带在身边以防万一的一只嗅盐瓶打开，拼命地嗅着。

正在我头晕目眩的时候，听到警长在跟迪瓦尔先生说：“认得出来吗？”

“认出来了。”年轻人声音喑哑地回答说。

“那就把棺材盖上搬走。”警长说。

掘墓工人把裹尸布扔在死人的脸上，盖上棺盖，一人一头把棺材抬起，向指定的那个方向走去。

阿尔芒木然不动，两眼凝望着这个已空出来的墓穴；脸色就像刚才我们看见的死尸那样惨白……他像变成一块石头了。

我不知道在这个场面过去、支持着他的那种痛苦缓解之后，会有什么事情发生。

我走近警长。

“这位先生，”我指着阿尔芒对他说，“是否还有必要留在这儿？”

“不用了，”他对我说，“您最好把他劝走，他好像不太舒服。”

“走吧！”于是我挽着阿尔芒的胳膊，对他说。

“什么？”他瞧着我说，好像不认识我似的。

“事情办完了，”我接着又说，“您现在该走了，我的朋友，您的脸色发白，浑身冰凉，您这样激动是会送命的。”

“您说得对，我们走吧。”他下意识地回答，只是一步也没有动。

我只好抓住他的胳膊拉着他走。

他像个孩子似的跟着走，嘴里不时地咕噜着：“您看到那双眼睛了吗？”

说着，他回过头去，好像那个幻觉在召唤他。

他步履蹒跚，踉踉跄跄地向前移动着。他的牙齿咯咯作响，双手冰凉，全身的神经都在剧烈地颤动。

我跟他讲话，他一句也没有回答。

我带着他走是我唯一能做的。

我们在门口找到了车子，正是时候。

他刚在车子里坐下，便抽搐得更厉害了，这是一次真正的全身痉挛。他怕吓到我，就紧紧地握住我的手，喃喃地说：“没什么，没什么，我只是想哭。”

我听到他在喘粗气，他的眼睛充血，却哭不出来。

我让他闻了闻我刚才用过的嗅盐瓶。我们回到他家里时，看得出他还在哆嗦。

仆人帮助我把他扶到床上躺下，我把房里的炉火生得旺旺的，又赶忙去找我的医生，把刚才的经过告诉了他。

他马上就来了。

阿尔芒脸色绯红，神志不清，结结巴巴地说着一些胡话，这些话里只有玛格丽特的名字才叫人听得清楚。

医生给病人做过检查后，我问医生说：“怎么样？”

“是这样，算他运气好，他得的是脑膜炎，不是什么别的病，天主饶恕我，我还以为他疯了呢！幸而他肉体上的病将压倒他精神上的病，一个月以后，兴许他两种病都能治好。”

七

有的疾病干净利落，要不立马要你的命，要不用不了多久便完全好了，阿尔芒得的刚好是这种病，在我刚才叙述的事情过去半个月以后，阿尔芒早就已经彻底好了，我们也成了好朋友。在他生病的这段日子里，我差不多一直在他的房间里面。

春天到了，花儿都开了，小鸟鸣叫着，我朋友屋子里的窗户打开了，窗户正对着的是个花园，花园里新鲜的空气一阵阵飘向他这边。

医生说他已经可以不必躺在床上了，中午十二点到下午两点，在这段阳光最温暖的时段里，我们常常坐在打开的窗边聊天。

我一直都很小心，尽量不谈玛格丽特，怕只要一说起这个名字就会使病人想起伤心事，使终于安定下来的情绪再次变得激动；而阿尔芒却恰恰相反，他好像非常喜欢谈到她，谈到她的时候也不再像之前那样眼里含着泪水了，脸上挂着很柔很柔的笑容，看到这种微笑，我感到很放心，他的心灵健康了。

我发现，自从上次去公墓看到了那个让他突然病重的一幕之后，仿佛他精神上的痛苦被疾病所代替了，对于玛格丽特的去世，他现在已经想开了。他不再怀疑玛格丽特的离世，反而轻松了很多，为了不让阴暗的形象出现在他的眼前，他一直在回忆着跟玛格丽特交往时那段幸福的日子，似乎只有这些事情是他愿意回忆的。

阿尔芒的病刚刚好，高烧症状也乍退缓解，身体依然十分虚弱，不能让他太过激动。阿尔芒被春天大自然欣欣向荣的景象包围着，这让他忍不住回想起从前那些幸福欢乐的时光。

他很顽固，始终不肯告诉家里自己病重。直到他好起来了，他的父亲还一点儿都不知道。

一天傍晚，我们在窗前坐着，比往常坐得晚了一点，那一天的天气相当不错，太阳在蓝色与金黄色相间的暮色中隐到山后边去了。尽管我们身处巴黎，但我们被四周的一片翠绿色包围起来，有种与世隔绝的感觉，只是偶尔会有街上的车声传来，除此之外并没有别的声音打扰我们的谈话。

“也是在这样一个季节，这样一个傍晚，我与玛格丽特相识了。”阿尔芒对我说。他深深陷入回忆当中，根本听不到我对他说的话。

我没有作声。

于是，他回过头来，对我说：

“我必须要给您讲讲这个故事，您可以把它写成一本书，或许别人会不相信，但这肯定会是一本写起来相当有趣的书。”

“我的朋友，过一段时间你再讲给我听吧。”我对他说，“您的身体还没有完全复原呢。”

“今天晚上非常暖和，而且我已经吃了鸡脯肉[①]，”他面带微笑对我说，“我的烧已经退了，我们也没有什么事情可做，我把这个故事完完整整地讲给您听吧。”

“既然您一定要讲，那我就洗耳恭听。”

“这个故事非常的简单，”于是他继续讲，“我依照事情发生的顺序讲给您听，若您以后要把这个故事写下来，随便您怎么写都可以。”

以下便是他跟我讲话的内容，这是一个很生动的故事，我差不多是照搬过来的。

是啊，——阿尔芒把他的头靠在了椅背上，继续说着，——就是在这样的一个傍晚！我跟我的朋友 R. 加斯东在乡下玩了一天，我们回到巴黎的时候已经是傍晚了，由于百无聊赖，于是我们就去了杂耍剧院看戏。

在幕间休息的时候，我们到走廊里休息，有一个身材苗条修长的女人从我们跟前走过，我朋友跟她打了个招呼。

“您刚刚打招呼的那个人是谁呀？”我问他。

“玛格丽特·戈蒂埃。”他对我说。

“她的样子变得好厉害，我差点认不出她来了。”我激动地说。我为什么激动，等会儿您就明白了。

“她生过一场病，这个可怜的姑娘看来是活不长了。”

这些话，我记忆犹新，就像我昨天听到的一样。

您要知道，我的朋友，两年以来，每当我遇见这个姑娘的时候，都会产生一种说不出来的感觉。

我会莫名其妙地脸色泛白，心头狂跳。我有一个朋友是研究秘术的，他把我这种感觉称为“流体的亲力”。我预感到我命中注定要爱上玛格丽特。

---

① 法国习惯病后调养时以鸡脯肉滋补，与我国习惯相似。

她经常给我留下深刻的印象，我的几位朋友是亲眼看到的，当他们知道我这种印象是从谁那儿来的时候，总是大笑不止。

我第一次遇到她是在交易所广场絮斯商店①门口。一辆敞篷四轮马车停在那儿，一个穿着一身白色衣服的女人从车上下来。她走进商店的时候引起了一阵低低的赞叹声。而我却像被钉在地上似的，从她进去一直到她出来，一动都没有动。隔着橱窗我看见她在店铺里买东西。原本我也能进去，可是我不敢。我不知道这个女人是什么人，我怕她猜出我走进店铺的用意而生气。然而那时候，我也没有想到以后还会见到她。

她服饰典雅，穿着一条镶满花边的细纱长裙，肩上披一块印度方巾，四角全是金镶边和丝绣的花朵，戴着一顶意大利草帽，还戴着一只手镯，那是当时刚刚流行的一种粗金链子。

她又登上她的敞篷马车走了。

店铺的门口站着一个小伙计，目送这位穿着高雅的漂亮女顾客的车子远去。我走到他身边，请他告诉我这个女人的名字。

“她是玛格丽特·戈蒂埃小姐。”他回答我说。

我不敢问她的地址就离开了。

我以前有过很多幻想，过后也都忘了；但是这一次是真人真事，因此这个印象就一直留在我的脑海里。于是我到处去寻找这个穿白衣服的绝代佳人。

几天过后，喜剧歌剧院有一次盛大的演出，我去了。我在台前旁侧的包厢里看到的第一个人就是玛格丽特·戈蒂埃。

我那位年轻的同伴也认识她，因为他叫着她的名字对我说：“您看！这个漂亮的姑娘！”

就在这时，玛格丽特拿起望远镜朝着我们这边望，她看到了我的朋友，便对他莞尔一笑，做手势要他过去看她。

“我去跟她问个好，”他对我说，“我一会儿就回来。”

我情不自禁地说：“您真幸福！”

“幸福什么？”

---

① 当时一家有名的时装商店。

“因为您能去拜访这个女人。”

“您爱上她了吗?”

“不。”我涨红了脸说，因为这一下我真有点儿束手无策了，“可我很想认识她。”

“跟我来，我替您介绍。”

“先去征得她的允许吧。”

“啊！真是的，跟她是不用拘谨的，来吧。”

听完这句话我心里很难过，我担心由此而证实玛格丽特不值得我对她这么动情。

阿尔封斯·卡尔[①]在一本书名为《烟雾》的小说里说：一天晚上，有一个男人尾随着一个非常俊俏的女人，她体态优美，容貌艳丽，让他一见就动心了。为了吻吻这个女人的手，他觉得就有了从事一切的力量，战胜一切的意志和克服一切的勇气。这个女人怕她的衣服沾上泥，撩了一下裙子，露出了一段迷人的小腿，他几乎不敢看一眼。正当他梦想着如何才能得到这个女人的时候，她却在一个街角留住了他，问他是否愿意上楼到她家里去。他回头就走，穿过大街，垂头丧气地回到了家里。

我记起了这段描述。本来我很想为这个女人受苦，我担心她过快地接受我，怕她过于匆忙地爱上我；我宁可经过长期等待，历尽艰辛以后才得到这种爱情。我们这些男人就是这种脾气；如果能让我们头脑里的想象富有一点诗意，灵魂里的幻想高于肉欲，那就会感到无比的幸福。

总之，如果有人对我说：“今天晚上您可以得到这个女人，但是明天您就会被人杀死。”我会接受的。如果有人对我说：“花上十个路易[②]，您就可以做她的情夫。”我会拒绝的，而且会痛哭一场，就像一个孩子在醒来时发现夜里梦见的宫殿城堡化为乌有一样。

可是，我想认识她；这是要知道她是怎样的一个人的方法，并且还是唯一的方法。

---

① 阿尔封斯·卡尔（1808—1890年）：法国新闻记者兼作家。

② 法国从前使用的金币，每枚值二十法郎。

于是我对朋友说，我一定要他先征得玛格丽特的同意，然后再把我介绍给她。我独自在走廊里溜达来溜达去，脑子里在想着，她就要看到我了，而我还不知道在她的注视之下应该采取什么态度。

我尽量把我要对她说的话预先考虑好。

爱情是多么纯洁、多么天真无邪啊！

没过多久，我的朋友下来了。

“她等着我们。”他对我说。

“只有她一个人吗？”我问道。

“有一个女伴。”

“没有男人吗？”

“没有。”

“我们去吧。”

我的朋友向剧场的大门走去。

“喂，不是从那儿走的呀。”我对他说。

“玛格丽特刚才向我要蜜饯，我们现在去买。”

我们走进了开设在剧场过道上的一个糖果铺。

我真想把整个铺子都买下来。正当我在看可以买些什么东西装进袋子的时候，我的朋友开口了：“糖渍葡萄一斤。”

“您知道她爱吃这个吗？”

“她从来不吃别的蜜饯，这是出了名的。”

“啊！”当我们走出店铺时他接着说，“您知道我要给您介绍一个什么样的女人吗？不是把您介绍给一位公爵夫人，她不过是一个妓女罢了，一个地地道道的妓女。亲爱的，您不必拘束，想到什么就说什么好啦。”

“好吧，好吧。”我嘟嘟囔囔地说。我跟在朋友的后面走着，心里却在想，我的热情看来要冷下去了。

当我走进包厢的时候，玛格丽特放声大笑。

我却想看她的愁眉苦脸。

我的朋友把我介绍给她，玛格丽特对我微微点了点头，接着就说：“那么我的蜜饯呢？”

“在这儿。”

在拿蜜饯的时候，她对我望了望，我垂下眼睛，脸涨得通红。

她弯腰在她邻座那个女人的耳边轻轻地说了几句话，随后两个人都放声大笑起来。

不用说，我成了她们的笑柄；我发窘的样子更加让她们笑个不停。本来那时候我就有一个情妇，她是一个小家碧玉，温柔而多情的姑娘。我经常因她那多情的性格和她伤感的情书而发笑。由于我这时的感受，我终于明白了我从前对她的态度一定使她非常痛苦，因此有五分钟之久我爱她就像一个从未爱过任何女人的人一样。

玛格丽特吃着糖渍葡萄不再理我了。

我的介绍人不愿意让我陷于这种尴尬可笑的境地。“玛格丽特，”他说，“如果迪瓦尔先生没有跟您讲话，您也不必感到奇怪。您把他弄得不知所措，他连该说什么话都不知道了。”

“我看您是因为一个人来觉得无聊才请这位先生陪来的。”

“要是真是这样的话，”我开口说话了，“那么我就不会请欧内斯特来要求您同意把我介绍给您了。”

“这很可能是一种延迟这个倒霉时刻的办法。”

要是谁以前跟玛格丽特那样的姑娘有过少许的来往，谁就会知道她们喜欢装疯卖傻，喜欢跟她们初次见面的人恶作剧。她们必须忍受那些每天跟她们见面的人的侮辱，这无疑是对那些侮辱的一种报复。

所以要对付她们，也要用她们圈内人的某种习惯，可这种习惯我是没有的；再说，我对玛格丽特原有的看法，使我对她的玩笑看得过于认真了，对这个女人的各个方面，我都无法无动于衷。因此我站了起来，带着一种难以掩饰的沮丧声调对她说：“如果您认为我是这样一个人的话，夫人，那么我只能请您原谅我的冒失，我必须向您告辞，并向您保证我以后不会再这样鲁莽了。”

说完，我行了一个礼就出来了。

包厢的门刚关上我就听到了第三次哄笑声。此时我真希望有人来撞我一下。

我回到了我的座位上。

这时开幕锤敲响了。

欧内斯特回到了我的身边。

“您是怎么搞的！”他一面坐下来一面对我说，“她们以为您疯了。”

“我走了之后，玛格丽特说什么来着？”

“她笑了，她对我说，她从来没有看见过像您那样滑稽的人；但是您绝不要以为您没成功，您不必对这些姑娘这么认真。她们不懂得什么是风度，什么是礼貌；这就像替狗洒香水一样，它们总觉得味道难闻，要跑到水沟里去打滚洗掉。”

“总之，这跟我有什么关系？”我尽量装得毫不介意，“我再也不要见到这个女人了，如果说在我认识她以前我对她有好感；现在认识她以后，情况却大不相同了。”

“算了吧！总有一天我会看见您坐在她的包厢里，也会听到您为她倾家荡产的消息。不过，即便那样也不能怪您，她没有教养，可她是一个值得弄到手的漂亮的情妇哪！”

幸好启幕了，我的朋友没有再讲下去。要告诉您那天舞台上演了些什么是不可能的。我可以记得起来的，就是我不时地抬起眼睛望着我刚才匆匆离开的包厢，那里新的来访者熙来攘往。

但是，我根本就忘不了玛格丽特，另外一种想法在我脑子里翻腾。我觉得我不应该对她对我的侮辱和我自己的笨拙可笑耿耿于怀。我暗自说道，就算倾家荡产，我也要得到这个姑娘，占有那个我刚才一下子就放弃了的位置。

戏还没有结束，玛格丽特和她的朋友就离开了包厢。

我身不由己地也离开了我的座位。

欧内斯特问我：“您这就走吗？”

“是的。”

“为什么？”

这时，他发现那个包厢空了。

“走吧，走吧，”他说，“祝您好运，祝您万事顺利。”

我走出了场子。

我听到楼梯上有窸窣的衣裙声和谈话声。我躲在一旁不让人看到，只见两个青年陪着这两个女人走过。在剧场的圆柱走廊里有一个侍者向她们迎上来。

“去跟车夫讲，要他到英国咖啡馆门口等我，”玛格丽特说，“我们步行到那里去。”

几分钟之后，我在林荫大道上踯躅的时候，看到在那个咖啡馆的一个大房间的窗口，玛格丽特正靠着窗栏，一瓣一瓣地摘下她那束茶花的花瓣。

两个青年中的一个低头在她肩后跟她窃窃私语。

我走进了附近的金屋咖啡馆，坐在二楼的楼厅里，目不转睛地盯着那个窗口。

深夜一点钟，玛格丽特跟她的三个朋友一起登上了马车。

我也跳上一辆轻便马车跟着她。

她的车子驶到昂坦街九号门前停了下来。

玛格丽特从车上下来，一个人回了家。

她可能偶尔才一个人回家，然而这个偶然使我觉得非常幸福。

从此以后，我经常在剧院里，在香榭丽舍大街遇见玛格丽特，她一直是那样快活；而我始终是那么激动。

然而，一连有两个星期我在哪儿都没有碰到她。再碰见加斯东的时候，我就向他打听她的消息。

“可怜的姑娘病得很重。”他回答我说。

“她生的什么病?”

“她生的是肺病，再说，她过的那种生活对治好她的病是毫无益处的，她正在床上躺着等死呢。”

人心真是难测，听到她的病情我居然感到很高兴。

我每天去打听她的病情，不过我既不让人家记下我的名字，也没有留下我的名片。我就是通过这种方法知道了她已病愈，后来又去了巴涅尔的消息。

随着时光的流逝，如果不能说是我慢慢地忘了她，那就是她给我的印象慢慢地淡薄了。我外出旅游，和亲友往来，生活琐事和日常工作冲淡了我对她的思念。即使我回忆起那次邂逅，也不过把它当作是一时的感情冲动。这种事在年幼无知的青年中是常有的，一般都时过境迁，一笑了之。

再说，我忘却前情也没有什么了不起的，因为自从玛格丽特离开巴黎之后，我就见不到她了，所以，就像我刚才跟您说的那样，当她在杂耍剧院的走廊里，从我身边走过的时候，我已经认不出她了。

固然那时她戴着面纱，但换了在两年以前，尽管她戴着面纱，我也可以一眼认出她来，就是猜也把她猜出来了。

尽管如此，当我知道她就是玛格丽特的时候，心里还是怦怦乱跳。由于两年未见她而逐渐淡漠下去的感情，一看到她的衣衫，瞬间便又重新燃烧起来了。

八

但是，——阿尔芒休息了一下之后继续说，——我知道对于玛格丽特，我依然是爱着的，但同时我又感觉自己比过去坚强得多了，我想要再见见玛格丽特，并且想让她知道如今我可比她优越。

想出多少办法，编出多少理由才能实现心中的愿望啊！

所以，我无法继续在走廊里待着了，我返回正厅坐了下来，并且很快地扫了一眼大厅，我想看看她的包厢在哪儿。

在底层台前的包厢里，她一个人坐在那里。之前我就跟您提到了，她不再是从前那个样子了，那种常常挂在她嘴角的满不在乎的微笑没有了。她大病了一场，并且现在还没有痊愈。

虽然已经是 4 月份了，可她全身的衣服依然是天鹅绒的，跟在冬天里似的。

我眼珠一转不转地盯着她，总算吸引了她的目光。

她注视了我片刻，然后拿起了望远镜，想把我看仔细点，她肯定是感觉看着我有些面熟，但一下子又记不起我是谁。因为在她把望远镜放下来的时候，一丝微笑浮现在她的嘴角上，这是一个非常妩媚的笑容，是女人用来表示她的致意的，很显然她在准备回应我就要向她表示的敬意。但对于她的致意我没有做丝毫反应，似乎有意要显得比她高贵，我装出一副她记起了我，而我已经完全不记得她了的神气。

她感觉是自己认错人了，回过头去。

启幕了。

在演戏的时候，我观察了玛格丽特几次，我发现她并没有好好看戏。而我也并不把演出放在心上，我一直在关注着她，并且尽力不让她感觉到。

我看见她在和她对面包厢里的人用眼神交流，便朝那一个包厢看过去，在里边坐着的那个女人我认识，而且非常熟。

过去这个女人也是个妓女，曾想要进戏班子，但没有成功。之后凭借她和巴黎那些时髦女子的关系，做起了生意，开了一家妇女时装铺子。

在她的身上我找到了一个跟玛格丽特见面的办法，在她看向我这边时，我以手势以及眼色跟她打了个招呼。

确实如我预料的那样，她请我到她的包厢里去。

这位妇女时装铺老板娘叫作普律当丝·迪韦尔诺瓦，她四十来岁，胖胖的，从她们这样的人那里打听些什么事是很容易的，更何况我问的事情又再平常不过了。

趁着她又跟玛格丽特打招呼的时候，我问她：“您看的那个人是谁啊？”

“玛格丽特·戈蒂埃。”

“您跟她认识啊？”

“认识，她是我铺子里的顾客，并且我们还是邻居。”

“那您也是在昂坦街住？”

“七号，我们的梳妆间刚好是对着的。”

“据说这个姑娘非常迷人。”

“您不认识她吗？”

“不认识，但我非常想结识她。”

“想要我把她给您叫到我们的包厢来吗？”

“别，还是您把我介绍给她好些。”

“到她家里去吗？”

“是的。”

“这个有点儿难办。”

“为什么？”

“因为有一个老公爵监护着她，他的忌妒心非常重。”

“监护，那真是太妙了！”

“是啊，她是受到监护的，”普律当丝接着说，“可怜的老头儿，做她的情夫真够麻烦的呢。”

于是普律当丝跟我说了玛格丽特和公爵认识的经过。

“就是因为这个原因，”我继续说，“她才一个人上这儿来的吗？”

“完全正确。”

“可是谁来陪她回去呢？”

“就是他。”

“那么他是要来陪她回去的喽，是吗？”

“过一会儿他就会来的。”

“那么您呢，谁来陪您回去呢？”

“没有人。”

“我来陪您回去吧！”

“可是我想您还有一位朋友吧。”

“那么我们一起陪您回去吧。”

“您那位朋友是个什么样的人？”

“一个非常漂亮且聪明的小伙子，能认识您他一定感到十分高兴。”

“那么，就这样吧，等这幕戏结束之后我们三人[①]一起走，最后一幕我已经看过了。”

“您去吧。”

“喂！”正当我要出去的时候，普律当丝对我说，“您看，走进玛格丽特包厢的就是那位公爵。”

我朝那边望去。

果真，一个七十来岁的老头儿刚刚在这个年轻女人的身后坐下来，还递给她一袋蜜饯，她赶紧笑呵呵地从纸袋里掏出蜜饯，然后又把那袋蜜饯递送到包厢前面，向普律当丝扬了扬，意思是说：“您要来一点儿吗？”

“不要。”普律当丝说。

玛格丽特拿起那袋蜜饯，转过身去，开始和公爵聊天。

把这些琐事都讲出来似乎有点儿孩子气，然而与这个姑娘有关的所有事情我都记得清清楚楚，因此，今天我还是不由得一一地想起来了。

我下楼告诉加斯东我刚才为我们两人所做的安排。

他同意了。

我们离开座位想到楼上迪韦尔诺瓦夫人的包厢里去。

刚一打开正厅的门，我们就不得不站住，让玛格丽特和公爵走出去。

我真甘愿少活十年来换得这个老头儿的位置。

到了街上，公爵扶玛格丽特坐上一辆四轮敞篷马车，自己驾着那辆车子，两匹骏马拉着他们远去了。

我们走进了普律当丝的包厢。

这一出戏结束后，我们下楼走出剧院，雇了一辆普通的出租马车，车子把我们送到了昂坦街七号。到了普律当丝家门口，她邀请我们上楼到她家里去参观她引以为豪的那些商品，让我们开开眼界。可想而知我是多么心急地接受了她的邀请。

我觉得自己好像正在一步步地向玛格丽特靠拢，没过一会儿，我就

---

① 原文为四人，似误，现改为三人。

把话题转到了玛格丽特身上。

“那个老公爵这会儿在您女邻居家里吗?”我对普律当丝说。

“不在，她肯定一个人在家。”

“那她一定会觉得特别寂寞。”加斯东说。

“我们每天晚上几乎都是在一起打发时间的，不然就是她从外面回来以后再叫我过去。她在夜里两点以前是从不睡觉的，早了她睡不着。”

“为什么?”

“因为她有肺病，她几乎一直在发烧。”

“她没有情人吗?”我问。

“每次我去她家的时候，从未看见有人留在她那儿，可我走了以后有没有人去我就不敢保证了。晚上我在她家里经常遇到一位 N 伯爵，这位伯爵自以为只要经常在晚上十一点去拜访她，她要多少首饰就给她多少首饰，这样就可以慢慢地得到她的好感。但是她看见他就讨厌。她错了，他是一个阔少爷。我经常对她说：‘亲爱的孩子，他是您需要的男人!’但是一点儿用都没有。她平时很听我的话，但一听到我讲这句话时就转过脸去，回答我说这个人太蠢了。说他蠢，我也承认，然而对她来说，总算是有了一个着落吧，那个老公爵说不定哪一天就要归天的。老公爵什么也不会留给玛格丽特的，这有两个原因：这些老头子全是自私的，外加他家里人一直反对他对玛格丽特的宠爱。我和她讲道理，想说服她，她总是回答我说，等公爵死了，再跟伯爵好也来得及。”普律当丝继续说，“像她这样的生活并不总是很有趣的，这我是很清楚的。我就受不了这种生活，我会很快把这个老家伙轰走的。这个老头儿简直叫人腻歪死了；他把玛格丽特称作他的女儿，把她当成孩子似的照顾她，他一直在监视她，我可以肯定眼下就有他的一个仆人在街上走来走去，看看有谁从她屋里出来，尤其是看看有谁走进她的家里。”

“啊，可怜的玛格丽特!”加斯东说，一面在钢琴前坐下，弹起了一首圆舞曲，“这些事我不知道，不过最近我发现这一阵儿她没有以前那么快乐了。”

“嘘，别出声!”普律当丝侧着耳朵听着。

加斯东停下不弹了。

“好像她在叫我。”

我们一起侧耳静听。

果然，有一个声音在呼唤普律当丝。

“那么，先生们，你们走吧。”迪韦尔诺瓦夫人对我们说。

“啊！您是这样招待客人的吗?”加斯东笑着说，“我们要到想走的时候才走呢。”

“我们为什么要走?”

“我要去玛格丽特家里。”

“我们在这儿等吧。”

“那不成。”

“那我们跟您一起去。”

“那更不成。”

“我认识玛格丽特，”加斯东说，“我当然可以去拜访她。”

“可是阿尔芒不认识她呀!”

“我替他介绍。”

“那怎么可以呢?”

我们又听到玛格丽特的叫声，她一直在叫普律当丝。

普律当丝跑进她的梳妆间，我和加斯东也跟了进去，她打开了窗户。

我们两人躲了起来，不让外面的人看见。

“我已经叫了您十分钟了。”玛格丽特在窗口说，口气似乎有些生硬。

“您叫我有事吗?”

“我要您马上就来。”

“为什么?”

“因为N伯爵还赖在这儿，我差点被他烦死了。”

“现在我走不开。”

“有谁拦着您啦?”

“我家里有两个年轻人，他们不肯走。”

“对他们讲您必须出去。”

“我已经跟他们讲过了。”

“那么，就让他们留在您家里好啦；他们看见您出去以后，就会走的。”

“他们会把我家闹翻天的！”

“那么他们想干什么？”

“他们想来看您。”

“他们叫什么名字？”

“有一位是您认识的，他叫 R. 加斯东先生。”

“啊！是的，我认识他；另一位呢？”

“阿尔芒·迪瓦尔先生。您不认识他吗？”

“不认识；不过您带他们一起来吧，他们总比伯爵好些。我等着您，快来吧。”

玛格丽特又关上窗户，普律当丝也关上了窗户。

玛格丽特刚才曾一度记起了我的面貌，但这会儿却想不起我的名字。我倒宁可她还记得我，哪怕对我印象不好也无所谓，但不愿意她就这样把我忘了。

加斯东说：“我早知道她会高兴见到我们的。”

“高兴？恐怕不一定。”普律当丝一面披上披肩，戴上帽子，一面回答说，“她接待你们两位是为了赶走伯爵，你们要尽量比伯爵知趣一些，不然的话，我是知道玛格丽特这个人的，她会跟我闹别扭的。”

我们跟着普律当丝一起下了楼。

我全身都在哆嗦，犹如预感到这次拜访会在我的一生中产生巨大的影响。

我十分激动，比那次在喜剧歌剧院包厢里被介绍给她的时候还要激动。

当走到您已认得的那座房子门前时，我的心怦怦直跳，脑子里已经稀里糊涂了。

我们听到传来几下钢琴和音的声音。

普律当丝伸手去拉门铃。

琴声立刻停了下来。

有个女人出来开门，这个女人看上去与其说像一个女佣，倒不如说更像一个雇来的女伴。

我们穿过大客厅，来到小客厅，就是您后来看到的那间小客厅。

一个年轻人靠着壁炉站在那里。

玛格丽特坐在钢琴前面，懒洋洋地在琴键上一遍又一遍地弹着她那弹不下去的曲子。

房间里的气氛很沉闷，男的是因为自己一筹莫展而急促不安，女的是因为这个讨厌的家伙的到访而心情烦躁。

一听到普律当丝的声音，玛格丽特站起身来，向她投去一个表示谢意的眼色，她向我们迎上前来，对我们说："请进，先生们，欢迎光临。"

九

"亲爱的加斯东，晚上好，"玛格丽特对我的同伴说，"见到您非常高兴，为什么在杂耍剧院的时候您不到我的包厢来啊？"

"我怕那样太过冒昧。"

"对朋友而言，永远没有冒昧这一说。"玛格丽特特别地强调了一下朋友这两字，她似乎故意让在场的人明白，虽然她对加斯东非常热情，但无论过去还是现在，加斯东也仅仅是个朋友罢了。

"那么，请让我给您介绍阿尔芒·迪瓦尔先生吧？"

“我已经答应普律当丝给我介绍了。”

“但是，夫人，”我弯了弯腰，总算勉强讲了一句能听得清的话，“幸运的是，我早已被人介绍给您了。”

从玛格丽特迷人的眼睛里可以看得出来，她正在回忆着，但她丝毫都想不起来，抑或说，看上去她什么都没想起来。

“夫人，”我继续说着，“非常感谢您对于第一次的介绍已经不记得了，因为那个时候的我非常可笑，肯定让您不愉快了。那是两年前，在喜剧歌剧院，跟我在一起的还有欧内斯特·德……”

“唷！我想起来了！”玛格丽特面带微笑说，“不是那时候的您可笑，而是我喜欢捉弄人，现在还是这样，但现在的我要比以前强多了。您已经不怪我了吧，先生？”

她把她的手递到了我的面前，我吻了一下。

“确实如此，”她又说，“您可以想象得到，我的脾气有多坏，我总是爱捉弄第一次见面的人，让他们难堪，事实上这很傻。我的医生说这是由于我有一点神经质的缘故，并且老是感觉不舒服，请您不要怀疑我医生的话。”

“您现在的身体看上去十分健康。”

“啊！我大病了一场。”

“这个我了解。”

“您听谁说的啊？”

“您生病了大家都知道的，我经常前来打听您的病情，后来我了解到您康复了，我很高兴。”

“我从来不曾收到过您的名片。”

“我一直都没有留过名片。”

“听说我生病的那段时间，每天都会有一个青年来打探我的病情，只是一直以来都不肯留下姓名，难道您就是这个青年吗？”

“就是我。”

“那么，您不仅有宽大的气度，还有一副好心肠呢。”她望了我一眼。女人们在评价一个男人的时候，如果感到用语言不足以表达，便用这种眼光来补充。然后她转身对N伯爵说：“伯爵，换了您是不可能这样做的吧。”

“我认识您才刚刚两个月啊。”伯爵辩解道。

“我跟这位先生认识才五分钟呢，您尽说一些傻话。”

女人们在面对那些她们不喜欢的人时是非常冷酷的。

伯爵的脸通红通红的，咬着嘴唇。

我有一点儿可怜他，看上去他跟我一样，也爱上了她，但是玛格丽特那丝毫不遮掩的生硬态度一定让他觉得非常难堪，更何况面前还有两个陌生人。

“我们刚刚进来的时候，您正弹着琴呢，”我试着转移话题，于是说道，“请您就当我是一个老朋友，继续弹下去可以吗?”

“啊!”她一边对我们做了一个让我们坐下的手势，一边半躺在长沙发里说，“加斯东知道我弹些什么。若只是跟伯爵在一起弹弹倒还勉强可以，我可不愿意害你们两位受这罪。”

“您居然这么偏爱我?”N伯爵微笑着解嘲。

“这您就错怪我了，我指的光是这一件事罢了。”

这个可怜的青年注定只能一句话都不说了，他几乎像哀求似的向那个姑娘望了一眼。

“那么，普律当丝，”她接着说，“我托您的事办好了吗?”

“办好了。”

“那好，过一会儿告诉我好了。我们有些事要谈谈，我还没跟您谈之前，您先别走呀。”

“或许我们来的不是时候，”于是我说，“现在我们，倒不如说是我，已经得到了第二次介绍，这样可以忘掉第一次的介绍。我们，加斯东和我，少陪了。”

“完全不是这么回事；这话不是说给你们听的，恰巧相反，我倒希望你们留下来。”

伯爵掏出一块非常精致的表，看了看时间。

“我该到俱乐部去了。”他说。

玛格丽特一声也不吭。

于是伯爵离开了壁炉，走到她面前说：

“再见，夫人。”

玛格丽特站了起来。

“再见，亲爱的伯爵，您这就走吗?”

“是的，恐怕我使您感到讨厌了。”

“今天您也并不比往常更让我讨厌。什么时候能再见到您啊?”

“等您愿意的时候。”

“那么就再见吧!”

您要承认，她这一招可真厉害!

幸亏伯爵受过良好的教育，又很有内涵。他只是握着玛格丽特漫不经心地向他伸过去的手吻了吻，向我们行了个礼就走了。

当他要踏出房门的时候，他望了望普律当丝。

普律当丝耸了耸肩膀，那副神气似乎在说：“您要我怎么办呢，我能做的事我都做了。”

“纳尼娜!”玛格丽特大声喊道，“替伯爵照个亮。”

我们听到开门和关门的声音。

“总算走了!”玛格丽特嚷着进来了，“这个年轻人让我浑身难受。”

“亲爱的孩子,”普律当丝说，“您对他真是太狠心了，他对您有多好，有多体贴。您看壁炉架上的表不就是他送您的吗？我可以肯定这块表至少花了他三千个法郎。”

迪韦尔诺瓦夫人走近壁炉，拿起她刚刚讲到的那件首饰把玩着，并用贪婪的目光盯着。

“亲爱的,”玛格丽特坐到钢琴前说，“他送我的东西我放在天平的这一边，把他对我说的话放在另一边，这样一称，我认为接受他来访还是太便宜他了。”

“这个可怜的青年爱您。”

“如果一定要我听所有爱我的人说话，估计我连吃饭的时间也没有了。”

接着她随手弹了一会儿，之后转身对我们说：“你们想吃点什么吗?

我呢，我很想喝一点儿潘趣酒①。”

“而我，我很想来一点儿鸡，”普律当丝说，“我们吃夜宵好吗？”

“好啊，我们出去吃夜宵。”加斯东说。

“我们就在这里吃，不出去了。”

她拉了铃，纳尼娜进来了。

“吩咐准备夜宵！”

“吃些什么呢？”

“都可以，但是要快，马上就要。”

纳尼娜出去了。

“好啦，”玛格丽特像个孩子似的跳着说，“我们要吃夜宵啦。那个笨蛋伯爵真讨厌！”

这个女人我越看越着迷。她美得令人心醉，就连她的瘦削也成了一种风韵。

我陷入了遐想。

我到底怎么了，我自己都说不清楚，我对她的生活满怀同情，对她的美貌赞叹不已。她不愿接受一个漂亮、富有、准备为她倾家荡产的年轻人，这种冷漠的神态使我原谅了她过去所有的过失。

在这个女人身上，有某种单纯的东西。

可以看出她虽然过着放荡的生活，但内心还是纯洁的。她举止稳重，体态婀娜，玫瑰色的鼻翼微微翕张着，大大的眼睛四周有一圈淡蓝色，说明她是一个天性热情的人，在这样的人周围，总是散发着一股逗人情欲的香味，就像一些东方的香水瓶一样，无论盖子盖得多严，里面香水的味儿仍然不免要外溢出来。

不知是由于她的气质，还是由于她疾病的症状，在这个女人的眼里不时闪烁着一种希冀的光芒，这种现象对她曾经爱过的人来说，也许等于是一种天启。但是那些爱过玛格丽特的人是不计其数的，而被她爱过的人则还没有计算呢。

总之，这个姑娘似乎是一个失足成为妓女的童贞女，又如同是一个

---

① 一种用烧酒或果子酒掺上糖、红茶、柠檬等的英国式饮料。

很容易成为最多情、最纯洁的贞节女子的妓女。玛格丽特身上还具有一些傲气和独立性：这两种感情在受了挫伤以后，可能起着与廉耻心一样的作用。我一句话都没有讲，我的灵魂好似钻到了我的心坎里，而我的心灵又似乎钻到了我的眼睛里。

“这么说，”她忽然又继续说，“在我生病的时候，经常来打听我病况的就是您啦？”

“是的。”

“您知道这可太美啦，我怎么才能感谢您呢？”

“可以让我经常来看您就行。”

“您想什么时候来都可以，下午五点到六点，半夜十一点到十二点都可以。好吧，加斯东，请为我弹一首《邀舞曲》。”

“为什么？”

“一来是为了让我高兴，二来是因为我一个人总是弹不了这首曲子。”

“您在哪一段上遇到困难啦？”

“第三段，有高半音的一节。”

加斯东站起身，坐到钢琴前面，开始弹奏韦伯①的这首名曲，乐谱摊在谱架上。

玛格丽特一手扶着钢琴，眼睛随着琴谱上每一个音符移动，嘴里低声吟唱着。当加斯东弹到她讲过的那一节的时候，她一面在钢琴背上用手指敲打着，一面低声唱道：“ré、mí、ré、do、ré、fa、mi、ré，就是这儿我弹不下去，请再弹一遍。”

加斯东又重新弹了一遍，弹完以后，玛格丽特对他说：“现在让我来试试。”

她坐到位子上弹奏起来，但是当她那不听使唤的手指弹到那几个音符时又有一个音符弹错了。

“真让人难以置信，”她用一种近乎孩子气的腔调说道，“我总是弹不好这一段！你们信不信，好几次我就是这样一直弹到深夜两点多钟！

---

① 韦伯（1786—1826 年）：德国作曲家。

只要我想到这个蠢伯爵竟然能不用乐谱就弹得那么好，我就恨死他了，我想我就是为了这一点才恨他的。”

她又开始弹奏了，但还是弹不好。

“让韦伯、音乐和钢琴全都见鬼去吧！”她一面说，一面把乐谱扔到了房间的另一头，“接连弹八个高半音我怎么就不会呢？”

她交叉双臂望着我们，一面跺着脚。

她脸涨得通红，一阵轻微的咳嗽使她微微地张开了嘴。

“您看，您看，”普律当丝说，她已经摘下帽子，在镜子前面梳理两鬓的头发，“您又在生气了，这又要使您不舒服了，我们最好还是去吃夜宵吧，我快饿死了。”

玛格丽特又拉了拉铃，然后她又坐到钢琴前弹奏，嘴里曼声低吟着一首轻佻的歌。在弹唱这首歌的时候，她没有出任何错。

加斯东也会唱这首歌，他们就来了个二重唱。

我带着一种恳求的语气亲切地对玛格丽特说：“别唱这些下流歌曲了。”

“啊，您有多正经啊！”她微笑着对我说，一面把手伸给我。

“这不是为了我，而是为了您呀。”

玛格丽特做了一个姿势，意思是说：呵，贞洁跟我早就没关系了。

这时纳尼娜进来了。

“夜宵准备好了吗？”玛格丽特问道。

“太太，一会儿就好了。”

“还有，”普律当丝对我说，“您还没有参观过这屋子呢，来，我带您去看看。”

您已经知道了，客厅布置得很出色。

玛格丽特陪了我们一会儿，随后她叫加斯东跟她一起到餐室里去看看夜宵准备好了没有。

“瞧，”普律当丝高声说，她看到一只多层架子，从上面拿下了一个萨克森小塑像，“您有这么一个小玩意儿我还真不知道。”

“哪一个？”

“一个手里拿着一只鸟笼的小牧童，笼里还有一只鸟。”

“您要是喜欢，就拿去吧。”

“啊！可是我怕抢了您的好东西。”

“我觉得这个塑像很难看，本来我想把它送给我的女佣；要是您喜欢，您就拿去吧。”

普律当丝只看重礼物本身，并不讲求送礼的方式。她把塑像放在一边，把我领到梳妆间，指着挂在那里的两张细密肖像画对我说：“这就是G伯爵，以前他非常爱玛格丽特，是他把她捧出来的。您认识他吗？”

“不认识。那么他呢？”我指着另一幅肖像问道。

“这是小L子爵，他不得不离开了她。”

“为什么？”

“因为他几乎破了产。这又是一个爱过玛格丽特的人！”

“那么她一定也很爱他啰。”

“这个姑娘脾气古怪，永远没有人知道她在想些什么。小L子爵要走的那天晚上，她像平常一样到剧场去看戏，不过在他动身的时候，她倒是哭了。”

这时，纳尼娜来了，告诉我们夜宵已经准备好了。

当我们走进餐室的时候，玛格丽特倚着墙，加斯东拉着她的手，轻声地在和她说话。

“您疯了，”玛格丽特回答他说，“您知道我是不会同意您的，像我这样一个女人，您认识已有两年了，为何现在才想到要做我的情人呢。我们这些人，要么马上委身于人，要么永远也不。来吧，先生们，请坐吧。”

玛格丽特把手从加斯东手里抽回来，请他坐在她右面，我坐在左面，接着她对纳尼娜说：“你先去照顾厨房里的人，如果有人拉铃，别开门，然后你再来坐下。”

她交代这件事的时候，已是半夜一点钟了。

在吃夜宵的时候，大家嬉笑玩乐，狂饮大嚼。没多久，欢乐已经到了顶点，时不时还能听到一些无法入耳的脏话，这种话在某个圈子里却被认为是很逗乐的，纳尼娜、普律当丝和玛格丽特听了都为之欢呼。加斯东纵情玩乐，他是一个心地善良的青年，可是他的头脑有点糊涂。我一度真想随波逐流，不要独善其身，索性参加到这场如同一盘佳肴似的欢乐中去算了。但是慢慢地我就同这场喧嚣分离开来了，我不再喝酒，看着这个二十岁的美丽女人喝酒，她的谈笑粗鲁得就像一个脚夫，别人讲的话越下流，她就笑得越来劲，我的心情越来越忧虑了。

然而这样的寻欢作乐，这种讲话和喝酒的姿态，对其他在座的客人们似乎可以说是放荡、坏习气，或许精力旺盛的结果；但在玛格丽特身上，我却觉得是一种忘却现实的需要、一种冲动、一种神经质的激动。每饮一杯香槟酒，她的面颊上就泛起一阵发烧的红晕。夜宵开始时，她咳嗽还很轻微，慢慢地她越咳越厉害，不得不把头仰靠在椅背上，每当咳嗽发作时，她的双手便使劲按住胸脯。

她身体孱弱，每天还要过这样的放荡生活，以此折磨自己，我真为她心疼。

后来，我担心的事还是发生了，在夜宵快结束时，玛格丽特一阵狂咳，这是我到她家以来她咳得最厉害的一次，我感觉她的肺好像在她胸膛里被撕碎了。可怜的姑娘脸涨得绯红，痛苦地闭上了眼睛，拿起餐巾擦着嘴唇，餐巾上随即染上了一滴鲜血，于是她站起身来，奔进了梳妆间。

加斯东问：“玛格丽特怎么啦?”

“她笑得太厉害，咳出血来了，”普律当丝说，“啊，没事，她天天如此。她就要回来了。让她一个人在那儿好啦，她喜欢这样。”

至于我，我可忍不住了，不顾普律当丝和纳尼娜非常惊讶地想叫住我，我还是站起身来径自去找玛格丽特。

十

那个屋子里只点着一支蜡烛，她躲在里边。蜡烛在桌子上放着。她在一张大沙发里斜靠着，敞开着衣裙，一只手在心口上按着，另外一只手在沙发的外面悬着，一只银脸盆放在桌子上面，里边有半盆清水；一缕缕大理石花纹似的血丝在水里漂浮着。

玛格丽特的脸色很苍白，嘴半张着，竭尽全力喘着气，她不时深深地吸一口气，紧接着长长地嘘一声，似乎这样会轻松许多，能够让她舒畅一小会儿。

我走到了她的面前，她动都没有动一下，我坐了下来，把她搁在沙发上的那只手握住。

“啊！是您?”她面带着微笑对我说。

或许是我脸上表情过于紧张了，她紧接着问我：“您是不是生病了啊?”

“我很好，可是您呢，您还好吗，还感觉难受吗?”

“还有一些，”她拿手绢把她咳出来的眼泪擦掉了，说，“这种情况我早就已经习惯了。”

“您这是在摧残自己的生命啊，夫人，”我十分激动地对她说，“让我做您的朋友、您的亲人，我不允许您再这样践踏自己的身体了。”

“啊！您实在没必要如此担忧，”她解释说，语调带着辛酸，“您看他们还关心我吗，因为他们都非常清楚这种病是没法治的了。”

说完她便站起身来，把蜡烛放到了壁炉上面，对着镜子照着。

“我的脸色是这么的苍白啊!”她一边说着一边系好了裙带，用手捋了捋散乱的头发，“啊！好了！来，我们到桌子上去吧。”

可我没有动弹。

她明白是这幕情形引起了我的这种情感，于是走到了我的身边，把手伸到了我的面前说：“看您，过来吧。”

我接住她的手，放在我的唇边吻着，忍了很长时间的两滴泪水还是不受控制地流出来了，沾湿了她的手。

“嗳，真是孩子气!”她一边说着一边再次坐到我的身边，“啊，您哭了！您没事吧?”

“您是不是觉得我有一些痴，但是刚刚看到的情景让我很难过。”

“您可真是好心肠！您叫我如何是好呢?晚上我无法入睡，所以只好稍稍消遣一下；而且像我们这种人，多一个或者少一个都无所谓的。医生说我这是支气管出血，我假装信了他们所说的话，我还能对他们有什么样的要求呢?”

“请您好好听我说，玛格丽特，”我实在无法控制自己的情感了，于是说，“我还不是很清楚您对我的生命会产生怎样的影响，可是我知道，现在您是我最关心的人，任何人都无法跟您相比，而且比对我的妹妹更关心。自从见到您之后便有了这种心情。好吧，请您看在上帝的分儿上，对自己的身体好一点儿吧，不要再过这样的生活了!”

“假如我珍惜自己的身体，那么我反而会死掉，如今勉强支撑我活着的，便是我目前所过的这种狂热生活。只有那些有家庭、朋友的上流社会的太太、小姐们才会去说什么珍惜身体。而对于我们这种人而言，如果我们无法让情人的虚荣心得到满足，无法供他们寻欢作乐，消愁解闷，我们便会被扔在一边，我们就只能在苦难中艰难地忍受着，对于这些事情我都非常明白，哼！我在床上躺了有两个月，第三个星期之后没有人再来看我了。”

“对于您而言，我并不算什么，”我接着说，“可是，若您愿意，我可以如同一个兄弟那样来照顾您，陪在您身边，我会把您的病治好，等您痊愈后，如果您愿意，您可以再恢复到您现在这样的生活；但是我知道，您肯定更愿意去过一种安宁的生活，这样您会过得更加幸福，也会让您一直这样的美丽。”

“今天晚上您会这么想，是因为您在喝了酒之后觉得伤感，可是，您是不会有像您所说的那样的耐心的。”

“请您听我说，玛格丽特，在您之前生病的那两个月里，我每天都会来打探您的病情。”

“这确实是事实，但您为什么不到楼上来呢？”

“因为那时候我还没有认识您。”

“跟我这样一个姑娘还有什么不好意思的呢？”

“跟一个女人在一起总会有点儿不好意思，起码我是这样想的。”

“这么说，您真的会来照顾我吗？”

“是的。”

“您每天都留在我身边吗？”

“是的。”

“甚至每天晚上都一样吗？”

“什么时间都一样，只要您不讨厌我。”

“您把这叫作什么？”

“忠诚。”

“这种忠诚是从哪儿来的呢？”

“来自一种我对您无法克制的同情。”

“您干脆就说您爱上我了，不是更简单吗？”

“这是可能的，但是，即使我有一天要对您说，那也不是在今天。”

“您最好还是永远也别对我讲的好。”

“为什么？”

“因为这样表白只能有两种结果。”

“哪两种？”

“或者是我拒绝您，那您就会怨恨我；或者是我接受您，那您就有了一个多愁善感的情妇，一个神经质的女人，一个有病的女人，一个忧郁的女人，一个快乐的时候比痛苦还要悲伤的女人，一个吐血的、一年要花费十万法郎的女人，对公爵这样一个有钱的老头儿来说是可以的，可是对您这样一个年轻人来说是很麻烦的。以前我所有的年轻的情夫都很快地离开了我，那就是证据。”

我没有回答任何话，我听着这种近乎忏悔的自白，依稀看到在她纸醉金迷的生活的外表下掩盖着痛苦的内心。可怜的姑娘在放荡、酗酒和失眠中逃避现实生活。这一切使我感慨万千，我一句话也说不出来。

“不谈了吧，”玛格丽特继续说，“我们简直是在讲孩子话。把手递给我，一起回餐室去吧，别让他们知道我们在干什么。”

“您喜欢去就去吧，但是我请您允许我留在这儿。”

“为什么？”

“因为您的快乐使我感到非常痛苦。”

“那么，我就愁眉苦脸好啦。”

“啊，玛格丽特，让我跟您讲一件事，这件事别人可能也经常对您说，因为您听惯了，也不会把它当回事。但这确实是我的心里话，以后我也永远不会再跟您讲第二遍了。”

“什么事？……”她微笑着对我说，年轻的母亲在听她们的孩子讲傻话时常带着这种微笑。

“自从我看到您之后，我也不知道是怎么回事，更不知道是为了什么，您在我的生命中就占了一个位置，我曾想忘掉您，但是做不到，您的形象始终留在我的脑海里。我已经有两年没有看到您了，但是今天，当我遇到您的时候，您在我心里所占的位置反而更加重要了。最后，您今天接待了我，我认识了您，知道了您所有奇特的遭遇，您变成我生命中不可缺少的人，别说您不爱我，即使您不让我爱您，我也会发疯的。”

“但您多么可怜啊，我要学 D 太太[①]说过的话来跟您讲了，‘那么您很有钱啰！’难道您不知道我每个月要花上六七千法郎。这种花费已经成了我生活上的需要，难道您不知道，可怜的朋友，要不了多久，我就会让您破产的。您的家庭会停止供给您一切费用，以此来教训您不要跟我这样一个女人一起生活。像一个好朋友那样爱我吧，但是不准超过这

① 指迪韦尔诺瓦太太。

个程度。您常常来看看我，我们一起谈谈笑笑，但是不用过分看重我，因为我是分文不值的。您心肠真好，您需要爱情。但是要在我们这个圈子里生活，您还太年轻，也太容易动感情，您还是去找个有夫之妇做情妇吧。您看，我是个多好的姑娘，我跟您说话有多直率。”

“嘿嘿！你们在这里搞什么鬼啊？”普律当丝突然在门口叫道，她什么时候来的，我们一点儿也没听见。她头发蓬松，衣衫零乱，我看得出这是加斯东的手做的怪。

“我们在讲正经事，”玛格丽特说，“让我们再谈几句，我们一会儿就来。”

“好，好，你们谈吧，孩子们。”普律当丝说着就走了。一面关上了门，好像是为了加重她刚才说的几句话的语气似的。

“就这样说定了，”玛格丽特在只剩下我们两个人的时候接着说，“您就不要再爱我了。”

“我马上就走。”

“竟然到这种地步了吗？”

我真是骑虎难下，再说，这个姑娘已经使我魂不守舍了。这种既有快乐，又有悲伤，既有纯洁，又有淫欲的混合物，还有那使她精神亢奋，容易冲动的疾病，这一切都使我知道了如果一开始我就控制不了这个轻佻和健忘的女人，我就会失去她。

“那么，您说的是真话吗？”她说。

“完全是真的。”

“那您为什么不早对我说？”

“我什么时候有机会对您说这些话呢？”

“您在喜剧歌剧院被介绍给我的第二天就可以对我说嘛。”

“我以为如果我来看您的话，您可能不会欢迎我的。”

“为什么？”

“因为前一天晚上我有点傻里傻气。”

“这倒是真的，可是，您那个时候不是已经爱上我了吗？”

“是啊。”

“既然如此，您还能在散席后安心回家睡觉。这些伟大的爱情就是这么回事，这个我们一清二楚。”

“那么，您就错了，您知道那天晚上我在离开喜剧歌剧院以后干了些什么？”

“我不知道。”

“我先在英国咖啡馆门口等您，后来跟着您和您三位朋友乘坐的车子，到了您家门口。当我看到您一个人下了车，又一个人回家的时候，我心里很高兴。”

玛格丽特笑了。

“您笑什么？”

“没有什么。”

“告诉我，我求求您，要不我以为您还在取笑我。”

“您不会生气吗？”

“我有什么权利生气呢？”

“好吧，我一个人回家有一个很美妙的原因。”

“什么原因？”

“这里有人在等我。”

纵使她给我一刀子也不会比这更使我痛苦，我站起来，向她伸过手去。

“再见。”我对她说。

“我早知道您一定会生气的，”她说，“男人们总是急不可耐地要知道会使他们心里难受的事情。”

“但是，我向您保证，”我冷冷地接着说，犹如要证明我已经完全控制住了我的激情，“向您保证我没有生气。有人等您那是十分自然的事，就像我凌晨三点钟要告别一样，同样是十分自然的事。”

“家里是不是也有人等您呢？”

“没有，但是我必须走。”

“那么，再见啦。”

“您打发我走吗？”

“没有的事。”

“您为什么要让我痛苦？”

“我怎么让您痛苦啦？”

“您对我说那时候有人在等您。”

“我一想到您看见我一个人回家就觉得那么高兴，而那时又有这么一个美妙的原因，我就忍不住要笑出来啦。”

“我们经常会有一种孩子般的快乐，而只有让这种快乐保持下去，才能使得到这种快乐的人更加幸福的话，去毁掉这种快乐就太恶毒了。”

“可是您到底把我当什么人看呀？我既不是黄花闺女，又不是公爵夫人。我不过今天才认识您，我的行为跟您有什么关系，如果将来有一天我成为您的情妇的话，您也该知道，除了您我还有别的情人，如果您现在还没有成为我的情人就跟我吃起醋来了，那么将来，就算有这个‘将来’吧，又该如何呢？我从来没有看见过像您这样的男人。”

“这是因为从来也没有一个人像我这样爱过您。”

“好吧，您说心里话，您真的很爱我吗？”

“我想，我能爱到什么程度就爱到了什么程度。”

“而这一切是从……”

“那是从三年前我看见您从马车上下来走进絮斯商店那一天开始的。”

“您讲得太美了，您知道吗？可我该怎样来报答这种伟大的爱情呢？”

“应该给我这么一点儿爱。”我说，心跳得几乎连话都讲不出来，尽管玛格丽特讲话的时候流露出一种含讥带讽的微笑，我还是能够感觉得出来，她似乎也跟我一样有点儿心慌意乱了，我等待已久的时刻正在步步逼近。

“那么公爵怎么办呢？”

“哪个公爵？”

“我的老醋罐子。”

“他什么都不会知道。”

“要是他知道了呢？”

“他会原谅您的。”

“啊，不会的！他会不要我的，那我怎么办呢？”

“您不也在为别人冒这种危险吗?”

“您怎么知道的?”

“您刚才不是交代今晚不要让人进来吗? 这我就知道了。”

“这倒是真的，但这是一位规矩朋友。”

“既然您这么晚还把他挡在门外，说明您也并不怎么重视他。”

“这也用不着您来训导我呀，因为这是为了接待你们，您和您的朋友。”

我已经慢慢地挨近了玛格丽特，我轻轻地搂着她的腰，她轻盈柔软的身躯已经在我的怀抱里了。

“您知道我有多么爱您!”我轻轻地对她说。

“真的吗?”

“我向您发誓。”

“那么，如果您答应一切都照我的意思办，二话不说，不监视我，不盘问我，那么我可能会爱您的。”

“我全都听您的!”

“我有言在先，只要我喜欢，我想怎么着就怎么着，我不会把我的生活琐事告诉您的。很久以来我一直在找一个年轻听话的情人，他要对我多情而不多心，他接受我的爱但又并不要求权利。我从来没有找到过这样的人。男人们总是这样的，一旦他们得到了他们原来难以得到的东西，时间一长，他们又会感到不满足了，他们进而要求了解他们情人的目前、过去乃至将来的情况。在他们逐步跟情人熟悉以后，就想控制她，情人越迁就，他们就越得寸进尺。倘若我现在打定主意要再找一个情人的话，我希望他具有三种罕见的品格：信任我，听我的话，还有不多嘴。”

“这些我全部都能做到。”

“我们以后再看吧!”

“什么时候呢?”

“再过些时候。”

“为什么?”

“因为，”玛格丽特从我怀抱里挣脱身子，在一大束早上送来的红色茶花中间摘了一朵，插在我衣服的纽孔里，说道，“因为条约总不会在签字的当天就执行的。”

这是不难理解的。

“那么我什么时候可以再见到您呢？”我一面说，一面把她紧紧地搂在怀里。

“当这朵茶花变颜色的时候。”

“那它什么时候会变颜色呢？”

“明天晚上，半夜十一点到十二点之间，您高兴了吧？”

“这您还用问吗？”

“您对任何人都不要说这件事，无论是您的朋友、普律当丝，还是别的什么人。”

“我答应您。”

“现在，吻我一下，我们一起回餐室去吧。”

她的嘴唇向我凑了过来，随后她又重新整理了一下头发，在我们走出这个房间的时候，她唱着歌；而我，几乎有些疯疯癫癫的了。

走进客厅时，她站住了，低声对我说：“我这种似乎准备马上领您情的模样，您该觉得有些意外吧，您知道这是什么缘故吗？这是因为，”她把我的手紧紧压在她的胸口上，我觉得她的心在剧烈地跳动，她接着对我说，“这是因为，显然我的寿命要比别人短，所以我要让自己活得更痛快些。”

“我请求您不要再跟我讲这种话了。”

“喔！您放心吧，”她笑着继续说，“即便我活不了多久，我活的时间也要比您爱我的时间长些。”

接着她就走进了餐室。

“纳尼娜去哪儿了？”她看到只有加斯东和普律当丝两个人就问道。

“她在您房间里打盹儿，等着服侍您上床呢。”普律当丝回答说。

“她真可怜！我把她累死了！好啦，先生们，请便吧，是时候了。”

十分钟之后，加斯东和我告辞出来，玛格丽特和我握手告别，普律当丝还留在那里。

“喂，”走出屋子以后，加斯东问我，“您看玛格丽特怎么样？”

“她是一个天仙，我真被她迷住了。”

“我早猜到了，这话您跟她说了吗?”

“说了。”

“那么她说过她相信您的话吗?”

“没有说。”

“普律当丝可不同。”

“普律当丝答应您了吗?”

“不仅是答应，亲爱的！您简直不会相信，她还有趣得很哪，这个胖迪韦尔诺瓦!”

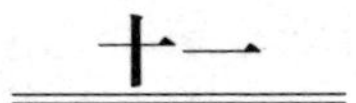

十一

阿尔芒的故事讲到这里的时候停了下来。

他对我说:“请您关上窗户好吗？我感觉有一些冷，我该睡觉了。”

我把窗户关上了。阿尔芒的身体仍然很虚弱，他把晨衣脱掉了，在床上躺了下来，头倚在枕头上休息了片刻，看那神色好像一个长途跋涉之后疲惫万分的旅人，或者说是一个被痛苦的往事纠缠得心力交瘁的人。

“您可能是话讲得太多了，”我对他说，“我先走了，让您好好休息，好吗？改天您再接着给我讲这故事。”

“您是不是觉得这是一个非常无聊的故事?”

“刚好相反。”

“那我还是接着讲下去吧，若您留下我一个人，我也是没有办法入睡的。”

当我回到家里的时候，——阿尔芒继续讲述着，不需要过多的思考，因为在他的脑海里，这一切的细枝末节都有着深深的烙印，——我没有睡觉，我开始回忆这段日子所发生的事情：和玛格丽特的相遇、介绍、她私下给我的承诺。这所有的一切发展得那样迅速而又出人意料，有时候我总有一种在做梦的感觉。但是，一个男人向玛格丽特那样的姑娘提出要求，而她答应在第二天就满足他，或许这并不是第一次。

尽管我有这种想法，但是我这位未来的情妇留给我的最初印象是如此深刻，让我一直无法忘记。我固执地认为她跟其他姑娘是不一样的。我同所有的男人一样有我的虚荣心，我确信，她钟情于我，就像我对她钟情一样。

但是让我感到自相矛盾的是，玛格丽特的爱情被传言成同货架上的商品一样，价格是随着季节的变化而涨落的。

但在传言的反面，正如我们看到的那样，她在家中彻底地拒绝了疯狂追求她的那个年轻伯爵，这件事跟她的名声又有什么关系呢？也许您会认为她或许根本不喜欢他，更何况公爵现在供养着她，生活相当富足，如果她需要一个情人的陪伴，必然是要找一个她喜欢的吧。可是为什么那个帅气、聪明、又很有钱的加斯东她却看不上，反而喜欢上了初次和她见面就让她觉得非常可笑的我呢？

的确如此，有些时候整整一年的苦苦追求还比不上一分钟里发生的巧事管用。

在那些吃晚餐的人当中，只有我会为她的离席而感到担心。我跟在她身后激动得难以自持。我泪流满面地亲吻着她的手。这所有的一切，以及在她卧病在床的两个月当中，我经常去探听她的病情，所以让她觉得我确实和别人不大一样，或许她认为，她完全可以照常规方法来对待以此种方式来表达爱情的人，之前她早就已经做过很多次了，这样的事情她已经习以为常了。

我的所有这些想象，您也会觉得是非常有可能的，可不管她为什么会同意，但有一件事我可以肯定地告诉你她已经同意了。

对于玛格丽特我是一直爱着的，此时她将是属于我的了，我不能再对她有什么苛求了。可是我要对您再强调一下，尽管她是个妓女，之前我总觉得——或许是我潜意识里把她诗化了——这是一次没有任何希望的爱情，从而导致这个希望离我越来越近的时候，我的顾虑反而更多。

我一整个晚上都没有睡着。

我的灵魂处于游离状态，似乎痴了、醉了。一会儿感觉自己不够漂亮，不够富有，不够潇洒，哪里有资格拥有这样的女人；一会儿，我为她属于我而沾沾自喜，得意扬扬。紧接着我又担心玛格丽特只是在逢场作戏，过几天便会对我冷淡了，我感觉用不了多久这种关系便会走到尽头，我寻思着最终结果并不会好，晚上还是不到她家里去的好，我的疑虑也要写信告诉她，然后离开她。接着，我又产生了无限的希望和无比的信心。我做了一些对未来的不可思议的美梦。我心里想要给这位姑娘医好肉体上和精神上的创伤，要和她一起白头偕老，她的爱情将比最纯洁无瑕的爱情更使我幸福。

总之，我思绪纷繁，心乱如麻，实在无法向您描绘我当时脑子里的全部想法。天亮了，我迷迷糊糊地睡着了，这些念头才在朦胧中消逝了。

下午两点钟我才睡醒。天气非常好，我觉得生活从来没有这样美好，这样幸福过。我的脑海里清清楚楚地浮现出昨晚的景象，接着又甜滋滋地做起了今晚的美梦。我赶紧穿好衣服，我心满意足，任何美好的事情我都能去做。我的心因快乐和爱情不时地怦怦乱跳，一种甜蜜的激情使我惶惶不安，昨晚那些使我辗转反侧的念头消失了。我看到的只是我的成功，想着的只是和玛格丽特相会的时刻。

我在家里再也待不住了，我感到自己的房间似乎太小，怎么也容纳不下我的幸福，我需要向整个大自然倾诉衷肠。

我到外面去了。

我走过昂坦街。玛格丽特的马车停在门口等她；我向香榭丽舍大街那边走去。只要是我所遇到的行人，即使是我不认识的，我都感到亲切！

爱情使一切变得多么美好啊！

我在玛尔利石马像①和圆形广场之间来回溜达了一个小时，我远远看到了玛格丽特的车子，我并不是认出来的，而是猜出来的。

在香榭丽舍大街拐角上，她叫车子停下来，一个高个子的年轻人离开了正在跟他一起谈话的一群人，迎上前去和她交谈。

他们谈了一会儿，年轻人又回到他那些朋友中去了。马车继续往前行进，我走近那群人，认出了这个跟玛格丽特讲话的人就是 G 伯爵，之前我看到过他的肖像，普律当丝告诉过我玛格丽特今日的地位就是他造成的。

他就是玛格丽特头天晚上吩咐挡驾的那个人，我猜想她刚才把车停下是为了向他解释昨晚不让他进门的原因，但愿她这时能再找到一个借口请他今晚也别来了。

我一点儿也记不得这一天剩下来的时间是怎么过的；我散步、抽烟、跟人聊天，但是，到了晚上十点钟，我一点儿也想不起那天晚上遇到过什么人，说过些什么话。

我所能记得起来的只是：回到家里我打扮了三个小时，我成百次地瞧着我的钟和表，不幸的是它们走得都一样慢。

十点半的钟声一响，我想该去赴约会啦！

那时我住在普罗旺斯街②。我沿着勃朗峰街前进，穿过林荫大道，经过路易大帝街和马洪港街，最后来到了昂坦街，我望了望玛格丽特的窗户，里面有灯光。

我拉了门铃。我问看门人戈蒂埃小姐是否在家。

他回答我说戈蒂埃小姐从来不在十一点钟或者十一点一刻之前回来。

我看了看表。

---

① 石马像原在巴黎附近的玛尔利，是著名雕刻家古斯图的杰作，后来移到香榭丽舍大街入口处协和广场上。

② 这条街当时在高级住宅区内；著名人士如罗西尼、肖邦、乔治·桑、塔尔马、比才、大仲马等均在这条街上居住过。

原本我认为自己走得很慢，实际上我从普罗旺斯街走到玛格丽特家只花了五分钟！

于是，我就在这条没有商店、此时已冷冷清清的街上徘徊。

半小时后玛格丽特来了。她从马车上下来，一面环顾四周，就像在找什么人似的。

车子慢慢驶走了，因为马厩和车棚不在这座房子里面，玛格丽特正要拉门铃的时候，我走上前去对她说："晚安！"

"哦！是您呀？"她对我说，她的语气好像不怎么高兴在这里看到我。

"您不是答应我今天来看您的吗？"

"噢，对了，我倒忘记了。"

这句话把我早晨的幻想和白天的希望一扫而光。不过，她的这种态度我已经慢慢习惯，因此我没有转身离开，如果在以前，我肯定会一走了之的。

我们进了屋子。

纳尼娜已事先把门打开。

"普律当丝回来了没有？"玛格丽特问道。

"还没有，太太。"

"去通知一声要她一回来就到这儿来，先把客厅里的灯关掉，如果有人来，就说我还没有回来，今天也不回来了。"

很显然她心里有事，也可能是讨厌某个不知趣的人。我简直不知所措，不知说什么才好，玛格丽特向她的卧室走去，我待在原地木然不动。

"来吧。"她对我说。

她摘下帽子，脱掉天鹅绒外衣，把它们全部扔在床上，随即躺倒在火炉旁边一张大扶手椅里，这只炉子里的火她吩咐一直要生到春末夏初。她一面玩着她的表链一面对我说："嗳，有什么新闻跟我谈谈？"

"什么也没有，不过今晚我不该来。"

"为什么？"

"因为您好像心情不太好，您大概讨厌我了。"

“我没有讨厌您，只是我不太舒服，整整一天我都很不好受，昨天晚上我没有睡好，今天头痛发作得很厉害。”

“那我就告辞，让您睡觉，好不好?”

“噢！您可以留在这里，如果我想睡的话，您在这儿我一样可以睡。”

这时候有人拉铃。

“还有谁会来呀?”她做了一个不耐烦的动作说道。

一会儿，铃又响了。

“看来没有人去开门啦，还得我自己去开。”

果然，她站了起来，一面对我说：

“您留在这里。”

她穿过房间到外面，我听到开门的声音，我静静地听着。

玛格丽特放进来的人走进餐室站住了，来人一开口，我就听出是年轻的N伯爵的声音。

“今天晚上您身体怎么样?”他问。

“不好。”玛格丽特生硬地回答道。

“我打搅您了吗?”

“也许是吧。”

“您怎么这样接待我！我哪里得罪您了，亲爱的玛格丽特?”

“亲爱的朋友，您一点也没有得罪我，我病了，我需要睡觉，所以您要是离开这里的话，我会感到高兴。每天晚上我回来五分钟就看到阁下光临，这实在是要我的命。您到底想要怎么样？要我做您的情妇吗？那么我已经讲过一百遍了，不行！我非常讨厌您，您另打主意吧。今天我再对您说一遍，也是最后一遍：我不要您！这样可以了吧，再见。好吧，纳尼娜回来了，她会给您照亮的，晚安。”

于是，玛格丽特没有再讲一句话，也没有再去听那个年轻人含糊不清的唠叨，她回到卧室，重重地把门关上。紧接着，纳尼娜也几乎立刻从那扇门里进来了。

“你听着，”玛格丽特对她说，“这个笨蛋今后要是还来，你就告诉他说我不在家，或者说我不愿意接待他。看到这些人总是来向我提这种要求，我真的是受不了，他们付钱给我就认为可以和我两清了。如果那些要干我这一行下流营生的女人知道这是怎么一回事，她们宁可去做老妈子了。但是不行啊，我们有虚荣心，经受不了衣裙、马车和钻石这些东西的诱惑。我们相信了别人的话，因为卖淫也有它的信念，我们就一点一点地出卖我们的心灵、肉体和姿色；我们像野兽似的让人防范，像贱民般地被蔑视。包围着我们的人都是一些贪得无厌好占便宜的人，迟早有一天我们会在毁灭了别人又毁灭了自己以后，像一条狗似的死去。”

“好了，太太，您镇定一下，”纳尼娜说，“今天晚上您的神经太紧张了。”

“这件衣服我穿了不舒服，”玛格丽特一面说，一面把她胸衣的搭扣拉开，“给我一件浴衣吧，嗳，普律当丝呢？”

“她还没有回来，不过她一回来，就会有人叫她到太太这儿来的。”

“您看，这儿又是一位，”玛格丽特接着说，一面脱下长裙，披上一件白色浴衣，“在用得着我的时候她就来找我，但又不肯真心诚意地帮我一次忙。她知道我今晚在等她的回信，我一直在盼着这个回音，我等得很着急，但是我可以肯定她一定把我的事扔在脑后自顾自玩去了。”

“可能她被谁留住了。”

“给我们拿些潘趣酒来。”

“您又要折磨自己了。”纳尼娜说。

“这样更好。给我再拿些水果、馅饼来，要不来一只鸡翅膀也好，什么东西都行，快给我拿来，我饿了。”

这个场面给我留下什么印象是不用多说的了，您猜也会猜到的，是不是？

“您等一会儿跟我一起吃夜宵，”她对我说，“吃夜宵以前，您拿一本书看看好了，我要到梳妆间去一会儿。”

她点燃了一只枝形烛台上的几支蜡烛，打开靠床脚边的一扇门走了进去。

我呢，我开始思考着这个姑娘的生活，出于对她的怜悯我更加爱她了。

我一面思考，一面跨着大步在这个房间里徘徊，突然普律当丝进来了。

“啊，您在这儿?”她对我说，“玛格丽特在哪儿?”

“在梳妆间里。”

“我等她，喂，她很喜欢您，您知道吗?”

“不知道。”

“她一点儿也没有跟您说过吗?”

“一点儿也没有。”

“您怎么会在这里?”

“我来看看她。”

“三更半夜来看她?”

“怎么不可以?”

“笑话!”

“她接待我时毫不客气。”

“她就要客客气气地招待您了。”

“真的吗?”

“我给她带来了一个好消息。”

“那倒不错，那么她真的对您谈到过我了吗?”

“昨天晚上，还不如说是今天早上，在您和您的朋友走了以后……喂，您那位朋友为人怎么样?他的名字叫 R. 加斯东吧?”

“是呀。”我说，想到加斯东对我说的知心话，又看到普律当丝几乎连他的名字也不知道，真使我忍不住要笑出来。

“这个小伙子很可爱，他是做什么的?”

“他有两万五千法郎年金。”

“啊!真的!好吧，现在还是谈谈您的事，玛格丽特向我打听您的事，她问我您是什么人，做什么事，之前您那些情妇都是什么人。总之，对像您这样年纪的人应该打听的事她都打听到了。我把我知道的也全讲给她听了，还加了一句，说您是一个可爱的小伙子，就是这些。”

“谢谢您，现在请您告诉我她昨天托您办的事吧。”

“昨天她什么事也没有托我办，她只是说要把伯爵赶走，但是今天她要我办一件事，今天晚上我就是来告诉她回音的。”

讲到这里，玛格丽特从梳妆间走了出来，妩媚地戴着一顶睡帽，帽上缀着一束黄色的缎带，内行人把这种装饰叫作甘蓝式缎结。

她这副模样特别动人。

她光脚趿着缎子拖鞋，还在擦着指甲。

“喂，”看到普律当丝她说道，“您见到公爵了吗？”

“当然见到啦！”

“他对您说什么啦？”

“他给我了。”

“多少？”

“六千。”

“您带来了吗？”

“带来了。”

“他是不是有些不高兴？”

“没有。”

“可怜的人！”

她讲这句“可怜的人”的语气真是无法形容。玛格丽特接过六张一千法郎的钞票。

“来得正是时候，”她说，“亲爱的普律当丝，您要用钱吗？”

“您知道，我的孩子，两天之后就是十五号，如果您能借我三四百法郎，您就帮了我的大忙啦。”

“明天上午叫人来拿吧，现在去兑钱时间太晚了。”

“可别忘了呀。”

“放心吧，您跟我们一起吃夜宵吗？”

“不了，夏尔在家里等着我。”

“他把您迷住了吗？”

“真迷疯啦，亲爱的！明天见。再见了，阿尔芒。”

迪韦尔诺瓦夫人走了。

玛格丽特打开她的多层架，把钞票扔了进去。

“您让我躺下吗？”她一面微笑着说道，一面向床边走去。

“我不只允许，而且还请求您这样做。”

她把铺在床上的镶着镂空花边的床罩拉向床脚边就躺下了。

“现在，”她说，“来我身边坐下，我们谈谈吧。”

普律当丝说得对，她带来的回音使玛格丽特高兴起来了。

“今天晚上我脾气不好，您能原谅我吗?”她拉着我的手说。

“我什么都可以原谅您。”

“您爱我吗?”

“爱得痴狂。”

“我脾气不好，您也爱我吗?”

“无论如何我都爱。”

“您向我起誓!”

“我起誓。”我柔声对她说。

这时候纳尼娜进来了，她拿来几只盘子，一只熟鸡，一瓶波尔多葡萄酒，一些草莓和两副刀叉。

“我没有关照给您调潘趣酒，”纳尼娜说，“您最好还是喝葡萄酒。是不是，先生?”

“当然啰。”我回答说，我刚才听了玛格丽特那几句话，激动的心情还没有平复下来，火辣辣的眼睛凝视着她。

“好吧，”她说，“把这些东西都放在小桌子上，把小桌子移到床跟前来，我们自己会吃，不用你服侍了。你已经三个晚上没有睡好啦，你一定特别困，去睡吧，我再也不需要什么啦。”

“要把门锁上吗?”

“当然要锁上！特别要关照一声，明天中午以前别让人进来。”

十二

早上五点，微弱的阳光透过窗帘照进了屋子里，玛格丽特对我说："抱歉得很，您必须得离开了，我不得不这样，公爵每天早晨都会过来；他来这里的时候，如果跟他说我还睡着，或许他会一直待到我醒过来。"

我把玛格丽特的头捧在手里，她的头发蓬松而零乱地披散下来，我最后吻了吻她，对她说："那我们何时再见面呢？"

"听着，"她接着说，"有一把金色的小钥匙放在壁炉上面，您拿着钥匙把门打开，然后把钥匙拿过来，您就离开这里吧。今天我会把一封信和我的命令给您送过去，因为您明白您应该按我说的做。"

"是的，可是此刻我能再向您提一个要求吗？"

"什么要求？"

"这把钥匙您可不可以送给我。"

"这个东西我从来没有给过任何人。"

"那么，您就给我吧，因为我曾经对您发誓，我对您的爱跟别人对您的爱是完全不同的。"

"那么您就拿去吧，可是我要告诉您，我能让这把钥匙变得毫无用处。"

"怎么会呢？"

"门里面有插销。"

“坏东西！”

“我叫人拆掉插销吧。”

“那么您真有点儿爱我吗？”

“我也搞不明白这是怎么了，或许我确实是爱上您了。现在您离开吧，我很困呢。”

我们又紧紧地拥抱了一会儿，后来我就走了。

街上还没有人，这个庞大的城市依然处于沉睡之中，微风随意地吹拂着，再过几个小时，这里便会熙熙攘攘、人声鼎沸了。

此时仿佛这座沉睡着的城市是属于我的。之前我一直羡慕有的人运气很不错，我逐一回忆着他们的姓名，然而无论如何我都想不起来有谁比现在的我更加心满意足了。

得到了一个纯洁的少女的爱，第一个向她揭示爱情的神奇之处，当然，这种幸福是难以比拟的，然而这同时也是世界上最最简单的事情。赢得一颗没有恋爱过的心，这好比进入一个没有设防的城市。教育、责任感和家庭都是再机智不过的哨兵，但是一个十六岁的年轻姑娘，随便一个机警的哨兵都免不了会上她的当，第一次关于爱情的启示是大自然通过她心爱的男子的声音传递给她的，这种启示有多么纯洁，它的力量就有多么猛烈。

如果少女相信了善良就更加容易失身，如果并不是失身于情人的话，那便是失身于爱情了。因为如果一个人没有了警惕就如同没有了力量，虽然掳获这样一个少女的心能够算得上是一个胜利，但这种胜利是随便一个二十五岁的男子什么时候想要、什么时候便能够弄到手的。在这些少女的身边，确实有着森严的戒备。可是试图将全部可爱的小鸟关在连鲜花都用不着费心往里抛的笼子里，修道院围墙的高度还远远不够，母亲的看管还不够严，宗教戒条的作用还太过短暂。因此，这些少女们对于别人不让她们知道的外部世界是多么向往啊！她们对于这个世界的迷人必然毫不怀疑，看到第一个隔着栅栏来向她们倾吐爱情秘密的人时她们该有多么高兴，对第一次揭开那神奇帐幕一角的那只手，她们该是心怀怎样的祝福啊！

然而要得到一个妓女的真正的爱情，这个胜利便尤其难得了，她们的灵魂被肉体腐蚀了，她们的心灵被情欲灼伤了，放荡不羁的生活让她们的心肠坚硬如铁。她们早就已经听厌了别人对她们讲的话，也熟悉了别人使用的手腕，就算她们曾经有过爱情也早就已经卖掉了。她们的爱情并不是源于感情，而是为了金钱。她们心机很重，所以要比那些被母亲和修道院看守着的处女防范得更加周密。她们把那些不在做生意范围之内的爱情叫作逢场作戏，她们常常会有一些这样的爱情，她们把这种爱情当作消遣，当作借口，当作安慰，就好像那些放高利贷的人，他们盘剥了成千的人，有一天他借了二十个法郎给一个快要饿死的穷人，没有要他付利息，没有逼着他写借据，就自以为罪已经赎清了。

再说，当天主准许一个妓女萌发爱情的时候，这个爱情，开始时好像是一个宽恕，后来几乎总是变成一种对她的惩罚。没有忏悔就谈不上宽恕，如果一个女人过了一段应该受到谴责的生活，突然觉得自己有了一种深刻的、真诚的、不能自控的爱情，这种她从来以为不可能有的爱情，当她承认这个爱情的时候，那个被她爱的男子就可以统治她了！这个男子有多么得意，因为他有权对她说，“您的爱情跟做买卖也差不多”。然而，这是一种残酷的权利。

这时候她们真不知道怎样来表明她们的真心。有一个寓言讲过：一个孩子跟农民们恶作剧，一直在田野里叫“救命啊，狼来啦！”闹着玩。有一天狼真的来了，那些被他骗过的人这一次不再相信他的呼救声，狼终于把他吃掉了；这就跟那些可怜的姑娘萌发了真正的爱情的时候一样。她们说谎次数太多，所以别人不再相信她们了，她们后悔莫及地葬身于她们自己的爱情之中。

因此，也会有一些真正忠于爱情、认真从良的妓女。

可是，当一个激起这种超脱的爱情的男子有一颗宽宏的心，愿意接受这个女人而不去回想她的过去时，他便投身于这个爱情当中了。总之，当他像被她所爱一样地爱上了她时，这个人顿时就享尽了人间所有美好的感情，经过这次爱情以后，他再也不会爱上任何人了。

在没有经历过以后发生的那些事情之前，我是不可能预感到这些想法的，所以尽管我爱着玛格丽特，却没有产生过类似的念头，今天我才有了这些想法。全部都过去了，这些想法是已经发生的事所产生的自然后果。

此时我们还是回到我们这段恋情的第一天吧。当我回家的时候，我欣喜若狂。想到我原来想象存在于玛格丽特和我之间的障碍已经消失，想到我已得到了她，想到我在她脑子里已经有了一定的地位，想到她的房间的钥匙在我口袋里，而且我还有权利使用这把钥匙，我感到人生非常美满，我踌躇满志，我赞美天主，是他赐予了我这一切。

一天，一个年轻人走过一条街，他碰见一个女人，他望了望她，转身就走了。他不认识这个女人。这个女人有她的快乐、她的悲哀和她的爱情，跟他毫不相干。她的心目中也没有他这个人，如果他要跟她搭话，她也许会像玛格丽特嘲笑我一样地嘲笑他。几个星期，几个月，几年过去了，突然，在他们听从着各自的命运在不同的道路上行走的时候，一个偶然的机缘使他们重新相会。这个女人爱上了他，成了这个男人的情妇。这两个青年从此就难分难舍，如影随形，这是怎么回事，这又是为什么？一旦他们爱上了，就好似这个爱情由来已久，所有往事在这两个情人的脑海中都消失了，我们承认这是很奇怪的。

至于我，我也记不起这天晚上以前我是怎样生活过来的，一想到第一个晚上我们俩的谈话，我全身舒坦。要不是玛格丽特善于骗人，要不就是她对我有一股突如其来的热情，这种热情在第一次接吻时就显露了出来，不过后来它又像迸发时那样突然消失了。

我越想越觉得玛格丽特没有任何理由来假装爱我，我还想到女人有两种恋爱方式，这两种方式可以互为因果：她们不是从心底里爱人就是因感官的需要而爱人。一个女人接受一个情人一般只是为了服从她感官上的需要，她不知不觉地懂得了超越肉欲的爱情的神秘性，并且在以后只是靠精神爱情来生活；通常一个年轻的姑娘，起初只认为婚姻是双方纯洁感情的结合，后来才突然发现了肉体的爱情，也就是精神上最纯洁的感情所产生的有力的结果。

想着想着我慢慢地睡着了。玛格丽特的来信唤醒了我，信里面写着这样几句话：

这是我的命令：今天晚上在歌舞剧院见面，请在第三次幕间休息时来找我。

玛·戈

我把信放进抽屉里锁了起来。我这人有时候会神情恍惚，这样做了就可以在日后疑心是否真有此事时，有个实实在在的凭据。

她没有叫我在白天去看她，我也不敢贸然到她家里去；但是我实在想在傍晚以前就看到她，于是我就到香榭丽舍大街去。和昨天一样，我又在那里看见她经过，并在那里下了马车。

七点钟，我就到了歌舞剧院①。

我从未这样早到剧院里去过。

那些包厢里慢慢地都坐满了人，只有一个包厢是空的：底层台前包厢。

第三幕开始的时候，我听见那个包厢里有开门的声响，我的眼睛几乎没有离开过这个包厢，玛格丽特出现了。

她立刻走到包厢前面，往正厅前座里寻找，看到我以后，就用目光向我表示感谢。

这天晚上她有多美啊！

她打扮得这么漂亮是为了我吗？难道她爱我已经爱到了这般地步，认为她越是打扮得漂亮，我就越感到幸福吗？这我还不知道，但假如她真的是这样想的话，那么她是成功了，因为当她出现的时候，观众的脑袋像一片波涛似的纷纷向她转去，连舞台上的演员也望向她，因为她刚一露面就使观众为之倾倒。

而我身上却有着这个女人的房门钥匙，三四个小时以后，她又将是我的了。

人们都指责那些为了女戏子和妓女而倾家荡产的人，使我奇怪的倒是，他们怎么没有更进一步地为这些女人做出更加荒唐的事来呢。一定要像我这样地投入到这种生活里去，才能了解到，只有她们在日常生活

① 1791年始建于王宫附近，1838年被烧毁，1868年重建于交易所广场，后来又迁至嘉布遣纳大街。

中满足她们情人的各种微小的虚荣心，才能巩固情人对她们的爱情——我们只能说“爱情”，因为找不到其他字眼。

接着是普律当丝在她的包厢里坐了下来，还有一个男人坐在包厢后座，就是我认识的那位G伯爵。

一看到他，我感到浑身冰冷。

玛格丽特一定发现了她包厢里的男人影响了我的情绪，因为她又冲我笑了笑，然后把背转向伯爵，显得一门心思在看戏。到了第三次幕间休息时，她转回身去，说了几句话，伯爵离开了包厢，于是玛格丽特做手势要我过去看她。

“晚安。”我进去的时候她对我说，并向我伸过手来。

“晚安。”我向玛格丽特和普律当丝说。

“请坐。”

“那我不是占了别人的座位啦，G伯爵不来了吗?”

“他要来的，我叫他去买蜜饯，这样我们可以单独谈一会儿，迪韦尔诺瓦夫人是信得过的。”

“是啊，我的孩子们，”迪韦尔诺瓦夫人说，“放心好了，我什么也不会讲出去的。”

“今天晚上您怎么啦?”玛格丽特站起来，走到包厢的阴影里搂住我，吻了吻我的额头。

“我有点儿不舒服。”

“您应该去睡一会儿才好。”她又说，她那俏皮的神色跟她那娇小玲珑的脑袋极为相配。

“到哪里去睡?”

“您自己家里呀!”

“您很清楚我在自己家里是睡不着的。”

“那么您就不该因为看见有一个男人在我的包厢里就来给我看脸色呀。”

“不是为了这个。”

“是这个原因，我一看就知道，您错了，我们别再谈这些事了。散戏后您到普律当丝家里去，一直等到我叫您，您听明白了吗?”

“听明白了。”

我难道能不听从吗?

“您仍然爱我吗?”她问。

“这还用问吗?”

“您想我了吗?”

“整天都在想。”

“我真怕我真的爱上您了，您知道吗?还是问问普律当丝吧。”

“啊!”那个女胖子回答说，“那可真叫人受不了。”

“现在，您回到您的位子上去，伯爵要回来了，没有必要让他在这里看见您。”

“为什么?”

“因为您看到他心里不痛快。”

“没有的事，不过要是您早跟我讲今天晚上想到歌舞剧院来，我也会跟他一样把这个包厢的票子给您送来的。”

“不幸的是，我没有向他要他就给我送来了，还提出要陪我来。您知道得很清楚，我是不可以拒绝的。我所能做的，就是写信告诉您我在哪里，这样您就可以见到我，因为我自己也很希望早些看到您;既然您是这样感谢我的，我就要记住这次教训。”

“我错了，请原谅我吧。”

“这就太好了，乖乖地回到您的座位上去，再不要吃什么醋了。”

她再一次吻了我，我就走出来了。

在走廊里我遇到了回包厢的伯爵。

我回到了自己的座位上。

其实，G伯爵在玛格丽特的包厢里出现是件非常平常的事。他过去是她的情人，给她送来一张包厢票，陪她来看戏，这一切都是非常自然的事情。既然我有一个玛格丽特那样的姑娘做情妇，当然我就应该容忍她的生活习惯。

这天晚上剩下来的时间我也不见得更好受一些，在看到普律当丝、伯爵和玛格丽特坐上等在剧院门口的四轮马车以后，我也怏怏地走了。

一刻钟之后我就到了普律当丝的家里，她也刚好回来。

十三

普律当丝对我说："您几乎是跟我们同时到的！"

"是的，"我立刻回答说，"玛格丽特在什么地方？"

"在家呢。"

"就她自己吗？"

"G伯爵也在呢。"

我在客厅里迈着大步来回地走。

"哎，您没事吧？"

"您觉得我在这里等着G伯爵从玛格丽特家里出来是件非常有趣的事情吗？"

"您太不通情理了。您得明白玛格丽特是没办法让伯爵吃闭门羹的。G伯爵跟她来往已经有相当长一段时间了，一直在给她很多的钱，目前仍旧在给她。玛格丽特一年的花费得要十多万法郎，她有很多的债务。如果她提出来，公爵对于她的要求是都会满足的，可是她不敢把全部的开销都让公爵负担。每年伯爵起码会给她万把法郎，她不可以跟他闹翻。玛格丽特很爱您，亲爱的朋友，可是您跟她的关系，为你们各自的利益考虑，您看得太过认真就不对了。您那七八千法郎的津贴费是远远满足不了这个姑娘挥霍的生活的，甚至都不够维修她的马车。您应当恰到好处地把玛格丽特当作一个聪明美丽的好姑娘对待；做她一两个月的情人，送点鲜花、糖果和包厢票给她，别的事情您就用不着去操心啦！跟她闹什么争风吃醋的把戏是非常可笑的。您应该明白您在打交道的这个人是谁，玛格丽特又不是什么贞洁女人，她非常爱您，您也非常爱她，其他的事情您就不需要管了。我觉得您这么容易动感情是非常可爱的！您的情妇是巴黎最讨人喜欢的女人！她满身戴着钻石，在富丽堂皇的住宅里接待您，如果您愿意，她又不要您花一分钱，可是您还是不高兴。真见鬼！您的要求也太过分了。”

“您说得很对，可是我控制不了自己，只要想到这个人是她的情人，我心里就非常难受。”

“但是，”普律当丝接着说，“您得先要看看现在他还是不是她的情人？他还很有用，仅仅是这样而已。

“两天以来，玛格丽特没有让他进门，他今天早上过来的，她不能够再拒绝他了，只好接受了他的包厢票，允许他陪着去看戏，然后又让他把她送回家，在她家里坐一下。既然您在这儿等着，他便不会停留太久的。在我看来，这是稀疏平常的事情。再说，对于公爵您不是也能容忍的吗？”

“是的，但是公爵是个老头儿呀，我能够肯定地说玛格丽特不是他的情妇。而且，对于这种关系，人们通常也只能容忍一个，怎么可能去容忍两个呢。这种方便简直就是个圈套，一个男人允许这么做，就算为了爱情，也跟下层社会里用这种默许的办法赚钱的人没多少差别。”

“啊！我亲爱的，您太过死脑筋了！我见过许许多多的人，并且他们全部是些最高贵、最英俊、最富有的人，我所劝您做的这种事他们都在做。而且这么做又不需要费多大的力气，用不着害臊，不需要觉得心里有愧！这是再平常不过的一件事了。而且作为巴黎的妓女，如果没有那么三四个情人她们该怎样来维持这种排场呢？像玛格丽特那样一个姑娘的花费是不可能有谁有那么一大笔家产来独自担负的。每年有五十万法郎的收入，在法国也称得上是个大财主了。但是，我亲爱的朋友，即使有了五十万法郎的年金还是没有办法应付的，这是因为一个男人有着这样一大笔进款，总少不了一座豪华住宅，以及一些马匹、仆役、车辆，还要打打猎，还得应酬交际。通常这样一个人总是结过婚的，他有孩子，要跑马，要赌钱，要旅行，谁知道他还要干些什么！若改变这种早已形成惯例的生活习惯，其他人都会觉得他已经破产了，流言便会肆意。如此算来，即使这个人每年收入五十万法郎，一年当中，他在一个女人身上所花的钱绝对不可能超过四万到五万法郎，这已经算是很多很多的了。那么，这个女人就必须要有其他情人来弥补她开支的不足，玛格丽特已经是非常幸运的了，仿佛从天而降的奇迹一样，她碰到了一个家财万贯的老头儿，他的妻子以及女儿又都去世了，他的那些侄子外甥自己也都十分富有。因而玛格丽特能够有求必应，而不需要付出太多，可是即使是这么大一个富翁，每年也最多给她七万法郎，并且我能确定，如果玛格丽特要求得更多，即使他非常富有，而且非常疼爱她，他也不会答应的。

“在巴黎，那些一年仅仅有两三万法郎收入的年轻人，换句话说，就是那些刚好能够把他们自己那个圈子里的生活维持下来的年轻人，如果他们有一个像玛格丽特这样的情妇的话，他们心里很明白，他们给她的钱都不够付她的房租和仆役的工资。他们不会告诉她说他们对于这些情况都很了解，他们假装看不见，也装作什么都不知道，当他们玩够了，就一走了之。倘若他们爱慕虚荣，试图负担全部开销，那就会像个傻瓜似的身败名裂，在巴黎欠下十万法郎的债，最终跑到非洲把性命都丢掉了。您觉得那些女人就会因此而感激他们吗？没有的事；相反，她们会说为了他们，她们放弃了自己的利益，会说在他们相好的时候，反而贴了不少钱财给他们。啊！您是不是认为这些事很可耻？可事实就是这样。您是一个可爱的青年，我从心底里喜欢您，我在妓女圈子里已经混了二十个年头了，我知道她们是些什么人，也知道应该怎样来看待她们，所以，我不愿意看到您把一个漂亮姑娘的逢场作戏当了真。

“再说，除此之外，”普律当丝继续说，“如果公爵发现了你们的私情，要她在您和他之间选择，玛格丽特因为爱您而放弃了伯爵和公爵，那么她为您做出的牺牲就太大了，这是不可争辩的事实，您能为她做出一样的牺牲吗？您？当您觉得讨厌了，当您不再需要她的时候，她蒙受的损失您如何来赔偿呢？什么也没有！您可能会把她和她那个天地隔绝开来，那个天地里有她的财产和她的前途，她也可能把她最美好的岁月给了您，而您却会把她忘得干干净净。假设您是一个普通的男人，那么您就会揭她过去的伤疤，对她来说您也只不过像她过去的情人那样离开了她，使她陷入悲惨的境地；或许您是一个有良心的人，觉得有责任把她留在身边，那么您就要为自己招来不可避免的不幸。因为，这种关系对一个年轻人来说是可以原谅的，但对一个成年人来说就不同了。这种男人们的第二次也是最后一次的爱情，成了您一切事业的负累，它不容于家庭，也使您丧失雄心壮志。所以，相信我的话吧，我的朋友，您要实事求是些，是什么样的女人就当什么样的女人来对待，不论在哪一方面，也不要让自己去欠一个妓女的情分。”

普律当丝说得合情合理，很有逻辑，是我意料之外的。我无言以对，只是觉得她说得对，我握住她的手，感谢她给我的忠告。

“算了，算了，”她对我说，“丢开这些讨厌的大道理，开开心心做人吧，生活是美好的，亲爱的，就看您对人生抱什么态度。喂，去问问您的朋友加斯东吧，我对爱情有这样的看法，也是受了他的影响；这些道理您应该懂，否则您就要成为一个不知趣的孩子了。因为隔壁还有一个美丽的姑娘正在不耐烦地等她家里的客人离开，她在想您，今天晚上她要和您一起过，她爱您，我对此有十足把握。现在，您跟我一起到窗口去吧，等着瞧伯爵离开，他很快就会给我们让位的。”

普律当丝打开一扇窗子，我们肩并肩地倚在阳台上。

我望着路上稀少的行人，脑子里却杂念丛生。

听了她刚才对我讲的一番话，我心乱如麻，但是我不得不承认她说得有道理，然而我对玛格丽特的一片真情，很难和她讲的这些道理联系得上，因此我不时地唉声叹气，普律当丝听见了，就回过头来向我望望，耸耸肩膀，活像一个对病人失去信心的医生。

“由于感觉的迅速，”我心里想，“因此我们就感到人生是那么短促！我认识玛格丽特才两天，昨天开始她才成了我的情妇，但她已经深深地印在我的思想、我的心灵和我的生命里，以致这位G伯爵的来访让我痛苦万分。”

伯爵终于出来了，坐上车子走了。普律当丝关上窗子。

就在这个时候玛格丽特叫我们了。

“快来，刀叉已经摆好，”她说，“我们就要吃夜宵了。”

当我走进玛格丽特家里的时候，她忙向我跑来，搂住我的脖子，使劲地吻我。

“我们还老是要闹别扭吗?”她对我说。

“不，以后不闹了，”普律当丝回答说，“我跟他讲了一通道理，他答应要听话了。”

“那太好了。”

我的眼睛不自主地向床上望去，床上没有凌乱的迹象；至于玛格丽特，她已经换上了白色的睡衣。

大家围着桌子坐了下来。

娇媚、温柔、多情，玛格丽特什么都不缺，我不得不时刻提醒自己，我没有权利再向她要求什么了。任何人处在我的地位一定会感到无比幸福，我像维吉尔笔下的牧羊人一样，坐享着一位天神，更可以说是一位女神赐给我的欢乐。

我尽力照普律当丝的劝告去办，强迫自己跟那两个女伴一样快乐。她们的感情是自然的，我却是硬逼出来的。我那神经质的欢笑几乎像哭一样，她们却信以为真。

吃完夜宵以后，只剩下我跟玛格丽特两个人了，她像平常一样，过来坐在炉火前的地毯上，愁容满面地望着炉子里的火焰。

她在沉思！想些什么？我不得而知，我怀着恋情，几乎还带着恐惧地望着她，因为我想到了自己准备为她忍受的痛苦。

“您知道我在想什么吗?”

“不知道。”

“我在想办法，我已经想出来了。”

“什么办法?”

“现在我还不可以告诉您，但是我可以把这件事的结果告诉您。那就是一个月之后我就可以自由了，我将什么也不欠，我们可以一起到乡下避暑去了。”

“难道您就不能告诉我用的是什么办法吗?”

“不能，只要您能像我爱您一样地爱我，那一切一定可以成功。”

“那么这个办法是您一个人想出来的吗?”

“是的。”

“并且由您一个人去办吗?”

“由我一个人来承受烦恼,”玛格丽特微笑着对我说,这种微笑是我永远也忘不了的,“但是由我们来共同分享好处。”

听到“好处”这两个字我不禁脸红了,我想起了玛侬·莱斯科和德·格里欧两人一起把B先生当作冤大头[①]的事。

我站起身来,用稍显生硬的语气回答说:“亲爱的玛格丽特,请允许我只分享我自己想出的办法的好处,并且是由我自己参加的事情中所得到的好处。”

“这是什么意思?”

“这意思是,我非常怀疑G伯爵在这个美妙的办法里面是不是您的合伙人,对于这个办法我既不承担责任,也不享受它的好处。”

“您真是个孩子,我还以为您是爱我的呢,我想错了,那么好吧。”

说到这里,她站了起来,打开钢琴开始弹那首《邀舞曲》,一直弹到她总是弹不下去的那段为止。

不知道她是习惯于弹这支乐曲呢,还是为了要我回想起我们相识那天的情景,我所记得的,就是一听到这个曲调之后,往事就浮现在我的脑海里,于是,我向她走过去,用双手捧住她的头吻了吻。

“您原谅我吗?”我对她说。

“您瞧,”她对我说,“我们相识才两天,而我已经有些事情要原谅您了,您说过要盲目服从我,但您说话不算数。”

“您叫我怎么办呢,玛格丽特,我太爱您了,我对您任何一点想法都要怀疑,您刚才向我提到的事使我快乐极了,但是实行这个计划的神秘性却让我感到难受。”

“看您,冷静一点吧,”她握着我两只手说,同时带着一种令我无法抗拒的媚人的微笑凝视着我,“您爱我,是吗?那么要是就您和我两

---

① 《玛侬·莱斯科》这本小说里的一个情节。玛侬瞒着她的情人,和B先生来往,诈骗B先生的钱财。

个人在乡下过三四个月，您会感到高兴的吧。我也一样，可以过几天只有我们两个人的那种清静生活，我将觉得很幸福。我不但觉得幸福，而且这种生活对我的健康也有好处。要离开巴黎这么长时间，总得先把我的事情安排一下，像我这样一个女人，杂事总是很多的。好吧，我总算有了法子来安排一切，安排我的那些杂事和我对您的爱情，是的，对您的爱情，请别笑，我爱您爱得发疯呢！而您现在却神气得很，说起大话来啦。真是孩子气，十足的孩子气，您只要记住我爱您，别的您什么也不要管。同意吗？嗯？”

“您想做的我都同意，这您是很清楚的。”

“那么，一个月以内，我们就可以到某个乡村去，在河边散步，喝鲜奶。我，玛格丽特·戈蒂埃说这样的话，您可能会感到奇怪吧，我的朋友。这种看来似乎使我十分幸福的巴黎生活，只要不能激起我的热情，就会使我感到厌烦，因此我突然开始向往能使我想起童年时代的那种安静生活。不论是谁都有他的童年时代。喔！您放心，我不会跟您说我是一个退役上校的女儿，或者说我是从圣德尼[①]培养出来的。我是一个乡下的穷姑娘，六年前我连自己的名字也不会写。这样您就放心了，是吗？那么为什么我有生以来第一次对您说要跟您分享我所得到的快乐。因为我看出您是为了我，并不是为了您自己才爱我的。而别人，从来就是为了他们自己而爱我。

“我过去常常到乡下去，但我从来没有一次像这样一心想去；对这一次唾手可得的幸福我就指望着您了，别跟我闹别扭，让我得到这个幸福吧！您可以这样想：她活不长了，她第一次要求我做一件轻而易举的事我就不答应她，我以后会不会后悔呢？”

对这些话我还有什么好说的呢？尤其是我还在回味着第一夜的恩爱，盼望着第二夜到来的时候。

一个小时以后，玛格丽特已经躺在我的怀抱里，那会儿就算她要我去犯罪我也会听从的。

早晨六点钟我要走了，在走之前我问她说：“今晚见吗？”

---

① 巴黎北部的一个小城市，那里有荣誉勋位团的女子学校。

她热烈地吻我，只是没有回答我的话。

白天，我收到一封信，上面写着这样几句话：

亲爱的孩子：

我有点儿不舒服，医生吩咐我休息，今晚我要早些睡，我们就不见面了。但是为了给你补偿，明天中午我等你。我爱你。

我第一个念头就是：她在骗我！

我额头上沁出一阵冷汗，我已经深深地爱上了这个女人，因此这个猜疑让我心烦意乱。

然而，我应该预料到，跟玛格丽特在一起，这种事几乎每天都可能发生。这种事过去我和别的情妇之间也经常出现，可是我都没有把它放在心上。那么这个女人对我的生命为什么有这样大的支配力呢？

这时候我想，既然我有她家里的钥匙，我何不就像平时一样去看她。这样我会很快知道真相，如果我碰到一个男人的话，我就打他耳光。

这时，我到了香榭丽舍大街，在那里溜达了足足有四个小时，她没有出现。晚上，只要她经常去的几家剧院我都去了，没有一家有她的影子。

十一点钟，我来到了昂坦街。

玛格丽特家的窗户里没有灯光，我还是拉了门铃。

看门人问我找哪一家。

“找戈蒂埃小姐家。”我对他说。

“她还没有回来。”

“我到上面去等她。”

“她家里一个人也没有。”

当然，既然我有钥匙，我可以不理睬这个不让我进去的禁令，但是我怕闹出笑话来，于是我就走了。

不过，我没有回家，我离不开这条街，我的眼睛一直盯着玛格丽特的房间。我似乎还想打听些什么消息，或者起码要使自己的猜疑得到证实。

将近午夜，一辆我非常熟悉的马车在九号门前停了下来。

G伯爵下了车，把车子打发走了以后，就进了屋子。

那时候，我渴望别人像对我一样地告诉他说玛格丽特不在家，看见他退出来；可是一直等到早晨四点钟，我还在等着。

三个星期以来，我受尽痛苦，可是，跟那一晚的痛苦比起来，那简直算不了一回事。

十四

一回到家里，我便像个孩子似的哭起来。所有受过即使只有一次欺骗的男人都会理解我是多么的痛苦。

我的肚子里是难忍的怒火，我暗暗决定：一定要立刻斩断这段爱情。我心急火燎地等待着天亮之后去预订车票，回到我父亲和妹妹那儿去，我无须怀疑他们俩给我的爱，绝对不会有虚情假意存在。

但同时我又不希望在玛格丽特不明白我离开她的原因之前便走掉。身为男人，若不辞而别必定是已经跟他的情人恩断义绝了。

我一直在思索着这封信该怎么来写。

我的这位姑娘和别的妓女一样，过去是我把她想得太高了，她却以为我是个小学生。为了欺骗我，她耍了一个简单的手段来侮辱我，难道这还不够清楚吗？此时，我的自尊心就占了上风。一定要离这个女人远远的，并且绝对不能让她因为知道了这次破裂让我痛苦万分而高兴。我的眼睛里含着泪水，那是恼怒和痛苦的泪水，然后我给她写下了下面这封信，用最最端正的字体：

亲爱的玛格丽特：

但愿您昨天的身体不适不会影响您的健康。昨天晚上十一点，我曾前来打探您的消息，有人回答说您还没回来。G先生要比我幸运得多，因为在我之后没多久他就到您那里去了，一直到早上四点他依然在您那儿。

对于我让您度过的难受时刻，我请求您的原谅，但是请您放心，对于您赐给我的那段幸福时光我会铭记终生。

原本今天我该去打听您的消息的，可是我必须回到我父亲那儿去了。

再见吧，亲爱的玛格丽特，我希望自己可以似一个百万富翁那般爱您，可是我没办法做到；您希望我可以如一个穷光蛋那般爱您，然而我又并不是什么都没有。那么，就让我们大家都忘掉吧，对于您来讲是忘掉一个没什么紧要关系的名字，但是对于我来讲是忘掉一个永远不可能实现的梦想。

您的钥匙我现在奉还，这把钥匙我还不曾用过，它对您会有用的，若您常常如昨天那般感到不适的话。

您看到了，若不狠狠嘲笑她一番，我是没有办法来结束这封信的，这说明在我心里还是那样地爱着她啊，这封信我反复看了许多遍，想到玛格丽特看到这封信会觉得痛苦，我的心情稍微平静了些。我尽力让自己保持信里装出来的情感状态。当八点钟我的仆人走进我的屋子里的时候，我交给他这封信，让他立刻送过去。

“是否需要等回信？”约瑟夫——我的仆人跟其他别的仆人一样都叫约瑟夫——问我。

“如果有人问您是否需要回信，你就说你什么都不知道，可是你要等会儿。”

我期待着她会回信给我。

我们是些多么可怜、多么软弱的人啊！

在约瑟夫前去送信期间，我激动的心情到达了顶点。时而我想着玛格丽特是如何委身于我的，我自问我有什么权利来写给她一封这样唐突无礼的信，她能够告诉我说不是G先生欺骗了我，而是我欺骗了G先生，那些有很多情人的女人们都是如此替自己辩解的；时而我又回忆着这个姑娘的誓言，好让自己相信我的这封信写得实在是太客气了，那封信里边的字句并没有严厉到足以惩罚一个把我纯洁的爱情当作儿戏的女人。然后，我想不应该写信给她的，而是应该在白天到她家里去比较好，如此我便能够痛快地看看她掉眼泪。

最后我想她给我的将会是什么样的答复，她即将给我的解释我已经打算接受。

约瑟夫回来了。

“如何？”我问他。

“先生，”他回答我说，“夫人还在睡觉呢，不过她一拉铃叫人，信就会被送到她的手里，若有回信，他们会送来这里的。”

她还睡着哪！

有多少次我几乎要派人去把这封信取回来，但是我总是这样想：“信也许已经交给她了，要是我派人去取信的话，就显得我在后悔了。”

越是接近应该收到她回信的时刻，我越是后悔不应该写那封信。

十点，十一点，十二点都敲过了。

十二点的时候，我几乎要像什么事也没有发生过似的去赴约会了，最后我左思右想不知怎么来挣脱这个使我窒息的束缚。

像有些心中有所期望的人一样，我也有一种迷信的想法，认为只要我出去一会儿，回来时就会看到回信。因为人们焦急地等待着的回信总是在收信人不在家的时候送到的。

我借口吃午饭上街去了。

我平时习惯在街角的富瓦咖啡馆用午餐，今天我却没有去，而宁可穿过昂坦街到王宫大街去吃午饭。每当我远远看到一个妇人，就以为是纳尼娜给我送回信来了。我经过昂坦街，却没有碰到一个送信人。我到了王宫大街，走进了韦利饭店，侍者侍候我吃饭，更可以说他把能想到的菜全给我端来了，因为我没有吃。

我的眼睛不由自主地一直盯着墙上的时钟看。

我回到家里，深信马上就会收到玛格丽特的回信。

看门人什么也没有收到。我还希望信已经交给仆人，可我出门后他并没有看有人来过。

如果玛格丽特给我写回信的话，她早就该给我写了。

于是，我对那封信里的言语感到后悔了，我本来应该完全保持沉默，也许她可能会感到不安而有所行动；因为她看到我没有去赴上一天讲好的约会就会问我失约的原因，唯有在这时候我才能把原因告诉她；这么一来，她除了为自己辩解之外，没有其他的办法。而我可以索要的也就是她的辩解。我已经觉得，不管她提出什么辩解的理由，我都会相信的，只要能再见到她，我什么都愿意。

我还以为她会亲自登门，可时间一小时一小时地过去，她并没有来。

玛格丽特的确与别的女人不同，因为很少女人在收到像我刚才写的那样一封信以后会没有反应。

五点钟，我奔向香榭丽舍大街。

“要是我遇到她的话，”我心里想，“我要装出一副毫不在乎的样子，这样她就会相信我已经不再想她了。”

在王宫大街拐角上，我看见她乘着车子经过，这次相遇是那么突然，我的脸都发白了，我不知道她能否看出我内心的激动；我是那么慌张，只看到了她的车子。

以后我不再在香榭丽舍大街散步，而去浏览剧院的海报：我还有一个看到她的机会。

在王宫剧院，有一次首场演出，玛格丽特是必去无疑的。

我七点钟到了剧院。

所有的包厢都坐满了，可玛格丽特没有来。

于是，我离开了王宫剧院，只要她经常去的剧院我一家一家都跑遍了：歌舞剧院、杂耍剧院、喜剧歌剧院。

她的踪影没有出现在任何地方。

要么我的信使她过于伤心，她连戏都不想看了；要么她怕跟我见面，免得做一次解释。

这些都是我走在大街上时由虚荣心引起的想法。突然我碰到了加斯东，他问我从哪儿来。

“从王宫剧院来。”

“我从大歌剧院来，”他对我说，“我还以为您也在那里呢。”

“为什么？”

“因为玛格丽特在那儿。”

“啊！她在那儿吗？”

“在那儿。”

“一个人吗？”

“不是，跟一个女朋友在一起。”

“没有别人吗？”

“G 伯爵到她包厢里待了一会儿，但是她跟公爵一块儿走了。我一直认为您也会去的。今天晚上我旁边有个位子一直空着，我还以为这个座位是您订下的呢。”

“但是为什么玛格丽特到那儿去，我就得跟着去呢？”

“因为您是她的情人嘛，不是吗？”

“那是谁对您说的？”

“普律当丝呀，我是昨天遇到她的。我祝贺您，我亲爱的，这可是一个不太容易到手的漂亮情妇哪，别让她跑了，她会替您争面子的。”

加斯东这个简单的反应，说明我的敏感有多么可笑。

如果我昨天就遇到他，而且他也跟我这样讲的话，我肯定不会写早上那封愚蠢的信。

我几乎马上想到普律当丝家里去，要她去对玛格丽特说我有话对她说，但是我又怕她为了报复而拒绝接待我。于是，我又经过昂坦街回到了家里。

我又问了看门人有没有给我的信。

没有！

我躺在床上想："她也许要看看我还会耍什么新花样，看看我是否想收回我今天早上的信。但是她看到我没有再给她写信，明天她就会写信给我的。"

那天晚上我对自己的所作所为感到后悔莫及，我孤零零地待在家里，不能入睡，心里烦躁不安，妒火中烧。想当初如果听任事情自然发展的话，我此时大概正依偎在玛格丽特的身旁，听着她的绵绵情话，这些话我总共才听到过两次，即使我一个人想起这些话时，我都会两耳发热。

那时候我觉得最可怕的就是：理智告诉我是我错了；事实上，不论从哪个角度去想，都应该说玛格丽特是爱我的。第一，她准备跟我两个人单独到乡下去避暑；第二，没有任何原因迫使她做我的情妇。我的财产是不够她日常开销的，甚至还满足不了她一时兴起的零星开支。所以，她唯一有希望在我身上得到的是一种真诚的感情。她的生活充满了商业性的爱情，这种真诚的感情能使她得到休息；我却在第二天就毁了她这种希望，她两夜的恩情换来的是我无情的嘲笑。因此我的行为不仅很可笑，而且很粗暴。我又没有付过她一分钱，哪有权利来谴责她的生活？我第二天就走为上策，这不就像一个情场上的寄生虫，生怕别人拿账单要他付饭钱吗？怎么！我认识玛格丽特才三十六个小时，做她的情人才二十四个小时，我就在跟她怄气了！她能分身来爱我，我不但不感到幸福，还想一人霸占她，强迫她一下子就切断她过去的一切关系，而这些关系是她今后的生活来源。我有什么权利可以责备她？一点也没有。她完全可以和某些大胆泼辣的女人一样，直截了当地告诉我说她要接待另外一个情人，然而她没有这样做，她写信对我说她不舒服。我没有相信她信里的话，我没有到除了昂坦街以外的巴黎各条街道上去溜达，我没有跟朋友们一起去消磨这个晚上，等到第二天在她指定的时间再去会她，却扮演起奥赛罗[①]的角色来了，我偷窥她的行动，自以为不再去看她是对她的惩罚。实际上完全相反，她应该为这种分离感到高

① 莎士比亚名剧《奥赛罗》中的主角，后比喻所有嫉妒、多疑和凶暴的丈夫。

兴，她一定觉得我愚蠢到了极点，她的沉默甚至还谈不上是怨恨我，却是看不起我。

那么我是不是该像对待一个妓女似的送玛格丽特一件礼物，别让她怀疑我吝啬刻薄，这样我们之间就两清了；可我也不愿意我们的爱情沾上一点点铜臭味，不然的话，即使不是贬低了她对我的爱情，起码也是玷污了我对她的爱情。再说既然这种爱情是那么纯洁，容不得别人染指，那么更不能用一件礼品——不论这件礼品有多么贵重——来偿付它赐予的幸福——无论这个幸福是多么短暂。

这就是我那天晚上翻来覆去所想的，也是我随时准备要去向玛格丽特说的。

一直到天亮我还没有睡着，我发烧了，除了玛格丽特外我什么都不想。

您也懂得，必须做出果断的决定：要不跟这个女人一刀两断；要不从此不再多心猜疑，如果她依然肯接待我的话。

但是您也知道，在下决心以前总是要踌躇再三的。我在家里待不住，又不敢到玛格丽特那里去，我就想法子去接近她，一旦成功的话，就可以说是出于偶然，这样我的面子也能保住了。

九点钟到了，我匆匆赶到普律当丝家里，她问我一清早去找她有什么事。

我不敢坦白地告诉她我是为什么去的，我只是告诉她我一大早出门是为了在去 C 城的公共马车上订一个座位：我父亲住在 C 城。

“能在这样的好天气离开巴黎，”她对我说，“您真是好福气。”

我望望普律当丝，寻思她是不是在讥笑我。

但是她脸上的神情是一本正经的。

“您是去向玛格丽特道别吗？”她又接着说，脸上还是那么严肃。

“不是的。”

“这样很好。”

“您以为这样好吗？”

“当然啦，既然您已经跟她吹了，还去看她干什么呢？”

“那么您知道我们吹了？”

“她把您的信给我看了。”

“那么她对您说什么啦?”

“她对我说:‘亲爱的普律当丝,您那位宝贝不懂礼貌,这种信只能在心里想想,哪能写出来呢。’”

“她是用什么语气对您说的?”

“是笑着说的,她还说:‘他在我家里吃过两次夜宵,还没有上门道过谢呢。’”

这就是我的信和我的嫉妒所产生的后果。我在爱情方面的虚荣心受到了残酷的毁伤。

“昨天晚上她在做什么?”

“她去了大歌剧院。”

“这个我知道,之后呢?”

“她在家里吃夜宵。”

“一个人吗?”

“我想,是跟G伯爵一起吧。”

这么说来我和她的决裂丝毫没有改变玛格丽特的习惯。

遇到这种情况,有些人就会对您说:“决不要再去想这个不爱您的女人了。”

我勉强笑了笑说:“好吧,看到玛格丽特没有为我而感到难过,我十分高兴。”

“她这样做是很合情理的。您已经做了您应该做的事,您比她更理智些,因为这个姑娘爱着您,她一张口就谈到您,她是什么蠢事都做得出来的。”

“既然她爱我,为什么不给我写回信呢?”

“因为她已经知道她是不该爱您的。再说女人们有时候可以容忍别人在爱情上欺骗她们,但决不允许别人伤害她们的自尊心,尤其是一个人做了她两天情人就离开她,那么不管这次决裂原因何在,都是要伤害一个女人的自尊心的。我了解玛格丽特,她死也不会给您写回信的。”

“那么我该怎么办呢?”

“就此拉倒,她会忘记您,您也会忘记她,你们双方谁也别埋怨谁。”

“但是如果我写信求她宽恕呢?”

“千万别这么做,她可能会原谅您的。”

我差一点跳起来搂普律当丝的脖子。

一刻钟以后,我回到家里,接着就给玛格丽特写信。

有一个人对他昨天写的信表示后悔,假如您不宽恕他,他明天就要离开巴黎,他想知道什么时候可以拜倒在您脚下,倾吐他的悔恨。

什么时候您可以单独会见他?因为您知道,做忏悔的时候是不能有别人在场的。

我把这封用散文写的情诗折了起来,差约瑟夫送去,他把信交给了玛格丽特本人,她回答说她过一会儿就写回信。

我一直没有出门,只是在吃饭的时候才出去了一会儿,一直到晚上十一点我还没有收到她的回信。

我不能再这样痛苦下去了,决定明天就动身。

由于下了这个决心,我深知即便躺在床上,我也是睡不着的,我便动手收拾行李。

十五

我和约瑟夫在准备着我动身需要的东西，忙了近一个小时，突然有人猛拉我家的门铃。

“要去开门吗?”约瑟夫问我。

“开吧。”我对他说，在心里寻思着这个时候什么人会来我家呢，因为我不敢相信玛格丽特会来。

“先生，”约瑟夫回来告诉我，“是两位太太。”

“是我们，阿尔芒。”一个嗓子嚷道，我听声音便知道是普律当丝。

我从卧室走了出来。

普律当丝站着观赏我会客室里的陈设，玛格丽特在沙发里坐着思考。

我进来之后便径直走到她身前，跪在她的身边握着她的双手，非常激动地对她说：“请您原谅我吧。”

她吻了一下我的前额，然后说：

“我已经原谅您三次了。”

“您要不来我明天就会离开了。”

“为什么我的拜访能够让您的决定改变呢？我来并不是为了阻止您离开巴黎。我来这里，是因为白天我没有时间写回信给您，又不愿意让您感觉我是在跟您生气。普律当丝还不让我来呢，她说或许我的到来会打扰到您。”

“您，打扰我？您，玛格丽特！怎么可能呢？”

“那当然啊！或许会有一个女人在你家里呢。”普律当丝回答说。

“给她看到又来了两个可一点儿都不好玩呢。”

就在普律当丝发表她的高论的时候，玛格丽特非常专注地看着我。

“我亲爱的普律当丝，”我回答说，“您真能胡说八道。”

“您的这套房间布置得相当漂亮呢，”普律当丝抢着说，“我们可不可以看一下您的卧室？”

“当然可以。”

普律当丝朝我的卧室走去，其实她并不是真的要参观我的卧室，而是去掩饰她刚刚说过的蠢话，这样客厅就只剩下我和玛格丽特两个人了。

于是我问她：“为什么您要带普律当丝一起过来？”

“因为看戏的时候她陪着我，而且从这里离开的时候我也需要有人陪伴。”

“这不是有我呢吗？”

“是的，但是我不愿意麻烦您，再者我知道您到了我家门口就会要求上楼去，但是我不能答应您的要求，我不希望由于我拒绝您而再给您一个在您离开我的时候埋怨我的借口。”

“可是您为什么不接待一下我呢？”

“因为我处于严密的监视之中，一不留神便会铸成大错。”

“仅仅是因为这个吗？”

“如果有其他原因，我会告诉您的，我们之间已经没有什么秘密了。”

“唉，玛格丽特，我不想拐弯抹角地跟您说话，请您跟我说实话，您是否真的有一点爱我呢？”

“爱极了。”

“那为何您要骗我呢？”

“我的朋友，如果我是一位什么公爵夫人，如果我拥有二十万利弗尔年金，那么我在当了您的情妇之后又找了别的情人，或许您有权利来质问我为何骗您；可是我是玛格丽特·戈蒂埃小姐，我只有四万法郎的债务，至于财产一分都没有，而且每年还得花掉十万法郎，因此您的问题没有丝毫意义，我回答您也不过是白白浪费精力。”

“确实如此，”我把脑袋垂到玛格丽特的膝盖上说，“可是我爱您爱得发疯。”

“那么，我的朋友，您就少爱我一些，多了解我一些。您的信让我很伤心，要是我是自由的，首先我前天就不会接待伯爵，即便接待了他，我也会来求您原谅，就像您刚才求我原谅一样，而且以后除了您我也不会再有任何情人了。有一阵子我以为我或许能享受到六个月的清福，您又不愿意，您非要知道用的是什么方法，啊，天哪！用什么方法还用问吗？我采用这些方法时所做的牺牲比您想象的还要大，我本来可以对您说：我需要两万法郎；您眼下正在爱我，兴许会筹划到的，等过后估计就要埋怨我了。我宁愿什么都不麻烦您，您不懂得我对您的体贴，因为这是我的一番苦心。我们这些女人，在我们还有一点良心的时候，我们说的话和做的事都有深刻的含义，这是其他女人所不能理解的；因此我再对您说一遍，对玛格丽特·戈蒂埃来说，她所找到的不向您要钱又能还清债务的方法是对您的体贴，您应该默不作声地受用。要是您今天才认识我，那么您会对我答应您的事感到非常幸福，您也就不会盘问我前天干了些什么事。有时候我们被迫牺牲肉体以换得精神上的满足，可当精神上的满足也失去了以后，我们就更加觉得痛苦不堪了。”

我带着赞赏的心情听着和望着玛格丽特。当我想到这个人间尤物，过去我曾渴望吻她的脚，现在她却让我看到了她的思想深处，还让我成为她生活中的一员，而我现在对此却还不满意，我不禁自问，人类的欲望到底还有没有个尽头。我这样快地实现了我的梦想，可我又在得寸进尺了。

“这是真的，”她接着说，“我们这些受命运摆布的女人，我们有一些古怪的愿望和不可思议的爱情。我们有时为了某一件事，有时候又为了另一件事而委身于人。有些人为我们倾家荡产，却一无所得，也有些人只用一束鲜花就换得了我们。我们凭一时高兴而为所欲为，这是我们仅有的消遣和唯一的借口。我委身于你①比谁都快，这我可以向你起誓，为什么呢？因为你看到我吐血就握住我的手，还流了眼泪，因为你是唯一真正同情我的人。我要告诉你一个笑话：从前我有一只小狗，当我咳嗽的时候，它总是用悲哀的神情瞅着我，它是我唯一喜爱过的动物。

“它死的时候，我哭得比死了亲娘还要伤心，我确确实实挨了我母亲十二年的打骂。就这样，我一下子就爱上了你，就像爱上了我的狗一样。要是男人们都懂得用眼泪可以换到些什么，他们就会更讨人的喜爱，我们也不会这样糟蹋他们的钱财了。

“你的来信暴露了你的真相，这封信告诉我你的心里并不明白，从我对你的爱情来说，无论你对我做了什么事，也没有比这封信给我的伤害更大的了，要说这是妒忌的结果，这也是真的，但是这种妒忌是很可笑的，也是很粗暴的。当我收到你的来信时，我已经够难受的了，本来我打算到中午去看你，和你一起吃午饭，只有在看到你以后，我才能抹掉始终纠缠在我脑海里的一些想法，而在认识你以前，这些事我是根本不当一回事的。”

“而且，”玛格丽特继续说，“我相信也只有在你面前，我才可以坦诚，无所不谈。那些围着像我一样的姑娘转的人都喜欢对她们的一言一语刨根问底，想在她们无意的行动里找出什么含义来。我们当然没有什么朋友，我们有的都是一些自私自利的情人，他们挥霍钱财并非像他们所说的是为了我们，而是为了他们自己的虚荣心。

“对于这些人，当他们开心的时候，我们必须快乐；当他们要吃夜宵的时候，我们必须精力充沛；当他们疑神疑鬼的时候，我们也要疑神疑鬼。我们这些人是不能有什么良心的，否则就要被嘲骂，就要被诋毁。

“我们已经身不由己了，我们不再是人，而是没有生命的东西。他

① 在法语对话中一般用第二人称复数（您）代替第二人称单数（你），表示客气；但对亲密的人仍用第二人称单数（你）。本书中对称时，“您”“你”有时换用，视当时讲话者的心情和场合而定。

们要满足自尊心时最先想到的是我们，但他们又把我们看得比谁都不如。我们有一些女朋友，但都是像普律当丝那样的女朋友，她们过去也是妓女，浪费惯了，但现在人老了，不允许她们这样做了，于是，她们成了我们的朋友，更可以说成了我们的食客。她们的友情甚至到了可供驱使的地步，却从来也到不了无私的程度。她们总是给我们出些怎样赚钱的点子。只要她们能借此赚到一些衣衫和首饰，能常常乘着我们的车子出去逛逛，能坐在我们的包厢里看戏，即使我们有十几个情人也不关她们的事。她们拿去了我们前一天用过的花束，借用我们的开司米披肩。就算是一件芝麻绿豆大的小事，她们也要求我们准备双倍的谢礼，不然她们是不会为我们效劳的。那天晚上你不是亲眼看见了吗？普律当丝给我拿来了六千法郎，这是我请她到公爵那里替我要来的。她向我借去了五百法郎，这笔钱她是永远不会还我的，要么还我几顶用不着她们破费一个子儿的帽子。

“因此我们，不如说我，只能够有一种幸福，就是找一个地位高的男人。像我这样一个多愁善感、日夜受病痛折磨的苦命人，唯一的幸福也就是找到一个因其超脱而不来过问我的生活的男人，他能成为一个重感情轻肉欲的情人。我过去找到过这个人，就是公爵，但公爵年龄已高，既不能保护我又不能安慰我。我原以为能够接受他给我安排的生活，但是你叫我怎么办呢？我真厌烦死了。假设一个人注定要受煎熬而死，跳到大火中去烧死和用煤气来毒死不都是一个样吗！

“那时候，我遇到了你，你年轻、热情、快乐，我想让你成为我在表面热闹实际寂寞的生活中寻找的人。我在你身上所爱的，不是现在的人，而是以后应该变成的人。你不接受这个角色，认为这个角色对你不适合而拒不接受，那么你也不过是一个一般的情人；你就像别人一样付钱给我吧，不要再谈这些事了。”

说过这段长长的表白后，玛格丽特很疲乏，她靠在沙发椅背上，为了忍住一阵因虚弱而引起的咳嗽，她把手绢按在嘴唇上，甚至把眼睛都蒙上了。

“原谅我，原谅我，”我喃喃地说，“这一切我已经全明白了，可是我愿意听你把这些说出来，我最最亲爱的玛格丽特，我们只要记住一件事，把剩余的丢在脑后吧；那就是我们永不分离，我们还很年轻，我们相亲相爱。

“玛格丽特，随便你把我怎样都行，我是你的奴隶，你的狗；可是看在上天的分上，把我写给你的信撕掉吧，明天别让我走，不然我要死的。”

玛格丽特把我给她的信从她衣服的胸口里取出来，还给了我，她带着一种无法形容的微笑对我说：“看，我把信给你带来了。”

我撕掉了信，含着眼泪吻着她向我伸过来的手。

这时候普律当丝又来了。

“您说，普律当丝，您知道他要求我什么事?”玛格丽特说。

“他要求您原谅。”

“正是如此。”

“您原谅了吗?”

“当然啰，可是他还有一个要求。”

“什么要求?”

“他要和我们一起吃夜宵。”

“您同意了吗?”

“您看呢?”

“我看你们两个都是孩子，都很幼稚，可是我现在肚子已经很饿了，你们早一点讲好，我们就可以早一点吃夜宵。”

“走吧，”玛格丽特说，“我们三个人一齐坐我的车子去好啦。”“喂!”她转身对我说，“纳尼娜就要睡觉了，您拿我的钥匙去开门，注意别再把它丢了。”

我紧紧地拥抱着玛格丽特，差一点把她给闷死。

这时候约瑟夫进来了。

“先生，”他自鸣得意地说，“行李捆好了。”

“全捆好了吗?”

“是的，先生。”

“那么，打开吧，我不走了。”

十六

阿尔芒接下去对我说：“原本我可以简单扼要地讲给您听我们结合的原因，但是我希望您能够了解到是通过了什么事件、经历了怎样的曲折之后，我才会对玛格丽特言听计从，玛格丽特才把我作为她生活当中所必需的伴侣。”

在她来找我那晚上的第二天，我送给她《玛依·莱斯科》。

从那之后，由于我无法让我的情妇的生活有所改变，所以我只好改变自己的生活。首先我不让脑子有时间来考虑我刚才接受的角色，因为我的思想只要一触及这件事情，我就觉得非常难受。在此之前我一直过着安静清闲的生活，此刻忽然间变得凌乱不堪了。不要觉得一个不贪图钱财的妓女的爱情并不需要花费多少钱。她有着各色各样的嗜好：花束、包厢、夜宵、郊游，这些要求对一个情妇是永远无法拒绝的，并且还是相当费钱的。

我跟您提到过了，我并没有财产。我的父亲从过去直到现在都是C城的总税务官，他是个很正直的人，名声非常好，因此他借到了担任这个职位所需要的保证金。这个职务每年带给他四万法郎的收入，做了十年下来，他已经把保证金偿还了，并且还为我的妹妹攒好了嫁妆。我父亲这个人是很让人尊敬的。我母亲去世后留下了六千法郎的年金，在他谋到他所企求的职务之后便把这笔年金给我和我妹妹平分了。之后，在我二十一岁的那一年，父亲又在我那笔为数不多的收入上另外增加了一笔每年五千法郎的津贴费，我一年就有了八千法郎。他对我说，如果除了这笔年金收入，我还愿意在司法界或者医务界找一个工作的话，那样我在巴黎就能够过上非常舒服的日子。所以我来到了巴黎，攻读法律，取得了律师资格，就如同许许多多其他的年轻人一样，我把文凭装在了我的口袋里面，让自己感受一下巴黎那种懒散的生活。我平常很节俭，然而只要八个月我就能花光全年的收入。夏天我在我的父亲家里过四个月，如此就相当于一年有一万两千法郎的收入，还赢得了一个孝顺儿子的美誉，并且我一分钱都不需要花。

我便是在这种境况下认识玛格丽特的。

您知道我的日常开销必定会有所增多了，玛格丽特可以说是非常任性的。对于有些女人，各式各样的娱乐是她们生活的寄托，而且在她们眼里这些娱乐的花费根本不算什么。玛格丽特便是这么一个女人。结果，为了让我们在一起待的时间尽可能长一些，常常在上午就能够接到她约我一起吃晚饭的信，并不是到她家里，而是去巴黎或郊外的饭店。我先去她家接她，然后一块儿去吃饭，再一块儿去看戏，通常还要一块儿吃夜宵，每天晚上我需要花掉四五个路易，如此一来我每个月的开销就有两千五百到三千法郎，我一年的收入只够花三个半月，我不得不去借钱，或者离开玛格丽特。

可是任何事情我都接受得了，除了最后这一种可能性。

请您原谅我给您讲这些琐碎的细节，但是接下来您就会看到这些琐事和之后将要发生的事情之间有什么样的联系了。我给您讲的这个故事真实而简单，我尽量让这个故事保持它原有的朴实无华的细节和它简单明了的发展过程。

因此我明白了，这个世界上没有任何一样东西可以使我忘记我的情妇，我迫切需要找到一个办法好应付我因为她而增加了的花费。并且，我为这段爱情神魂颠倒，如果让我离开我的玛格丽特，那我的日子将非常难过，我必须要投身于某种情欲好打发时间，以便使日子过得快一点。

我开始从我不多的本金里挪用了五六千法郎用来赌钱了。自从取缔赌场之后，随处都有人在赌钱。过去人们只要一进入弗拉斯卡第赌场，便有发财的机会在等着他们。大家赌现钱，输家会安慰自己说自己不可能常输，也会有赢的机会的；可如今，除了在俱乐部里，输赢还算得上认真，换到其他地方，若你赢到了很大一笔钱，几乎肯定无法拿到手的。为什么会这样也很容易想到的。

只有那些钱远远不够支撑他们那生活中的巨大开支的年轻人才会去赌钱；他们赌博的最终必定会是这样的：若他们赢了，那么那些先生的车马和情妇便由输家来付钱，这是件非常难堪的事。于是欠下很多债务，建立于赌桌之上的友谊在争吵中宣布了它的破裂，荣誉和生命总要受到些损伤；如果您是一个诚实的人，那么您就会被一些更加诚实的年轻人搞得不名一文，这些年轻人没有别的错误，只不过是少了二十万利弗尔的年金收入。

至于那些在赌钱时做手脚的人，我也无须跟您多说了，迟早有一天他们会混不下去，早晚会得到惩罚。

我投身到这个紧张、混乱和激烈的生活中去了，这种生活我以前连想想都觉得害怕，如今却成了我对玛格丽特爱情的不可缺少的补充，叫我有什么办法呢？

如果哪天夜晚我不去昂坦街，一个人待在家里的话，我是睡不着的。我怒火中烧，无法入眠，我的思想和血液仿佛在燃烧一般，而赌博可以暂时转移我心中燃烧着的激情，把它引向另一种热情，我不由自主地投身到里面去了，一直赌到我应该去会我情妇的时间为止。所以，从这里我就看到了我爱情的强烈，无论是赢是输，我都毫不留恋地离开赌桌，并为那些仍旧留在那里的人感到惋惜，他们是不会像我一样在离开赌桌的时候带着幸福的感觉的。

对大部分人来说，赌博是一种需要，对我来说却是一服药剂。

如果我不爱玛格丽特，我也不会去赌博。

因此，在赌钱的过程中，我能非常冷静，我只输我付得起的钱，我只赢我输得起的钱。

而且，我赌运很好。我没有欠债，但花费却要比我没有赌钱以前多三倍。这样的生活可以让我毫无困难地满足玛格丽特成千种的任性要求，但要维持这种生活却是很难的。就她来说，她一直跟以前一样地爱我，甚至比以前更爱我了。

我刚才已经跟您说过，开始的时候她只在半夜十二点到第二天早晨六点之间接待我，接着她允许我可以经常进入她的包厢，之后她有时还来跟我一起吃晚饭。有一天早晨我到八点钟才离开她，还有一天我一直到中午才走。

在期待着玛格丽特精神上的转变时，她的肉体已经发生了变化。我曾经想办法替她治病，这个可怜的姑娘也猜出了我的意图，听从了我的劝告以示对我的感谢。我没有费什么周折就使她几乎完全放弃了她的老习惯。我让她去找的那一位医生对我说，只有休息和安静才可以使她恢复健康，于是我对她的夜宵订出了合乎健康的饮食制度，对她的睡眠规定了一定的时间。玛格丽特不知不觉地习惯了这种新的生活方式，她自己也感到这种生活方式对她的健康有益。有几个晚上她开始在自己家里度过，或者遇到好天气的时候，就裹上一条开司米披肩，罩上面纱，我们像两个孩子似的在香榭丽舍大街昏暗的街道上漫步。她回来的时候有些疲倦，稍微吃一些点心，弹一会儿琴，或者看一会儿书便睡觉了。这样的事她过去是从来未曾有过的。从前我每次听到都使我感到心痛的那种咳嗽差不多完全消失了。

六个星期以后，伯爵已经被完全抛在脑后了，只是对公爵我不得不继续隐瞒我跟玛格丽特的关系；然而当我在玛格丽特那里的时候，公爵还是经常被打发走的，借口是夫人在睡觉，不允许别人叫醒她。

结果是养成了玛格丽特需要和我待在一起的习惯，这甚至变成了一种需要，因此我能正好在一个精明的赌徒应该滑脚的时候离开赌台。总之，因为总是赢钱，我发现手里已有万把法郎，这笔钱对我来说似乎是一笔取之不尽的财产。

习惯上我每年要去探望父亲和妹妹的时间来到了，但是我没有去，因此我时常收到他们两人要我回家的信。

对这些催我回家的来信，我全都婉转得体地一一答复，我总是说我身体很好，我也不缺钱花。我认为这两点或许能使父亲对我迟迟不回家探亲稍许得到些安慰。

在这期间，一天早上，玛格丽特被强烈的阳光照醒了，她跳下床来问我愿不愿意带她到乡下去玩一天。

我们派人去把普律当丝找来，玛格丽特嘱咐纳尼娜对公爵说，在这阳光明媚的天气她要跟迪韦尔诺瓦太太一起到乡下去玩。随后我们三人就一起走了。

有迪韦尔诺瓦在场，可以使老公爵放心，除此以外，普律当丝好像生来就是一个专门参加郊游的女人。她成天兴致勃勃，加上她永远满足不了的胃口，有她做伴决不会有片刻烦闷，而且她还精通怎样去订购鸡蛋、樱桃、牛奶、炸兔肉以及所有那些巴黎郊游野餐必不可少的传统食物。

我们只要知道上哪儿去就行了。

这个使我们踌躇不决的问题又是普律当丝替我们解决了。

“你们是不是想到一个名副其实的乡下去呀？”她问。

“是的。”

“那好，我们一起去布吉瓦尔①，到阿尔努寡妇的曙光饭店去。阿尔芒，去租一辆四轮马车。”

一个半小时以后，我们到了阿尔努寡妇的饭店。

也许您知道这个饭店，一个星期除了一天外都是旅馆，星期天是咖啡馆。它有一个花园，有一般的二层楼那么高，在那里远眺，风景相当优美。左边是一望无际的马尔利引水渠，右边是连绵不断的小山冈；在加皮荣平原和克罗瓦西岛之间，有一条银白色的小河，它在这一带几乎是停滞的，像一条宽大的白色波纹缎带似的向两面伸展开去。两岸高大的杨树在随风摇曳，柳树在喃喃细语，不停地哄着小河入睡。

远处矗立着一片红瓦白墙的小房子，还有些工厂，它们在灿烂的阳光照耀下，更添加了一层迷人的色彩。至于这些工厂枯燥无味的商业化特点，由于距离较远就没办法看清了。

极目远眺，是云雾笼罩下的巴黎。

就像普律当丝对我们讲的那样，这是一个真正的乡村，而且，我还

① 巴黎西部的一个小村镇。

应该这样说，这是一顿真正的午餐。

并不是因为我感谢从那里得到了幸福才这样说的。可是布吉瓦尔，虽然它的名字难听，还是一个理想的风景区。我旅行过很多地方，看见过很多壮丽的景色，却没有看到过比这个恬静地坐落在山脚下的小乡村更优美的地方了。

阿尔努夫人建议我们去泛舟游河，玛格丽特和普律当丝开心地接受了。

人们总是把乡村和爱情联系到一起，这是十分有道理的。没有比这明亮的田野或者寂静的树林里的蓝天、芳草、鲜花和微风更能和您心爱的女人相配了。无论您多么爱一个女人，无论您多么信任她，无论她过去的行为是否可以保证她将来的忠实，多少您总会有些妒意的。如果您曾经恋爱过，认认真真地恋爱过，您一定会感到必须把您想完全独占的人与世界隔绝。不管您心爱的女人对周围的人是怎样的冷若冰霜，只要她跟别的男人和事物一接触，好像就会失去她的香味和完整。这是我比别人体会更深的。一种普通的爱情不是我的爱情，我像一个普通人恋爱时所能做的那样恋爱着，可是我爱的是玛格丽特·戈蒂埃，这就是说在巴黎，我每走一步都可能碰到一个曾经做过她情人的人，或者是即将成为她情人的人。至于在乡下，我们完全置身于那些我们从来没有遇到过、也不关心我们的人中间，在这一年一度春意盎然的大自然怀抱中，在远离城市的喧闹声的地方，我们可以倾心相爱，而不用带着羞耻、怀着恐惧地去爱。

妓女的形象在这里逐渐消失了。我身旁是一个叫作玛格丽特的年轻貌美的女人，我爱她，她也爱我，过去的一切已经没有痕迹，未来是一片光明。太阳就像照耀着一个最纯洁的未婚妻那样照耀着我的情妇。我们双双在这富有诗意的地方散步，这些地方好像造得故意让人回忆起拉马丁①的诗句和斯居杜②的歌曲。玛格丽特穿一件白色的长裙，斜依在我的胳臂上。晚上，在繁星点点的苍穹下，她向我反复絮叨着她前一天

---

① 拉马丁（1790—1869年）：法国19世纪浪漫主义诗人。

② 斯居杜（1806—1864年）：法国19世纪作曲家、音乐理论家。

对我说的话。远处，城市依旧在继续它喧闹的生活，我们的青春和爱情的欢乐景象丝毫不受它的沾染。

这就是那天灼热的阳光穿过树叶的空隙给我带来的梦境。我们的游船停在一个孤岛上，我们躺在小岛的草地上，切断了过去的一切人间关系，我听任自己思潮起伏，憧憬着未来。

从我所在的地方，我还看到岸边有一座玲珑可爱的三层楼房屋，外面有一个半圆形的铁栅栏，穿过这个栅栏，在房屋前面有一块像天鹅绒一样平整的翠绿色的草地，在房子后面有一座神秘莫测的幽静的小树林。这块草地上，头天被踏出的小径，第二天就被新长出来的苔藓淹没了。

一些蔓生植物的花朵铺满了这座空房子的台阶，一直延伸到二楼。

我凝视着这座房子，最后我居然以为这座房子是属于我的了，因为它是多么符合我的梦想啊。我在这座房子里看到了玛格丽特和我两人，白天在这座山冈上的树林之中，晚上一起坐在绿草地上，我心里在想，这个世界上难道还有别人能像我们这样幸福的吗？

玛格丽特对我说："多么漂亮的房子！"她已经随着我的视线看到了这座房子，可能还有着和我同样的想法。

"在哪里？"普律当丝问。

玛格丽特指着那所房子说："那边。"

"啊！真美，"普律当丝接着说，"您喜欢它吗？"

"非常喜欢。"

"那么，对公爵说要他把房子给您租下来，我肯定他会同意的，这件事我负责。要是您愿意的话，让我来办。"

玛格丽特望着我，好像在征求我对这个意见的看法。

我的梦想已经随着普律当丝最后几句话破灭了，我突然一下子掉落在现实之中，被摔得晕头转向。

"是啊，这个主意真妙。"我结结巴巴地说，也不知道自己在说些什么。

"那么，一切由我来安排，"玛格丽特握着我的手说，她是依着自己的愿望来理解我的话的，"快去看看这座房子是不是出租。"

房子空着，租金是两千法郎。

“您高兴到这里来吗?”她问我说。

“我肯定能到这儿来吗?”

“要不是为了您，那么我躲到这儿来又是为了谁呢?”

“好吧，玛格丽特，让我自己来租这座房子吧。”

“您疯了吗？这非但没有好处，而且还有危险，您明知道我只能接受一个人的安排，让我来办吧，傻小子，别多说了。”

“这样的话，如果我一连有两天闲着，我就来和你们一起住。”普律当丝说。

我们离开这座房子，踏上回巴黎的路，一面还在谈着这个新的计划。我把玛格丽特搂在怀里，以致在我下车的时候，已经能稍稍平心静气地来考虑我情妇的计划了。

十七

第二天，很早玛格丽特便把我打发走了，她告诉我公爵一大早会来，并且答应我只要公爵一走，她便写信通知我晚上相会的时间和地点。

果然，白天里我收到了这封信：

我和公爵一起到布吉瓦尔去了，晚上八点在普律当丝的家里面等我。

玛格丽特按约定时间回来了，并到迪韦尔诺瓦太太家里来会我。

“好啦，所有的事情都排好了。”她进来的时候说。

“屋子租好了吗?”普律当丝问道。

“租好了，一说他就同意了。”

我不认识公爵，我为我这样欺骗他而觉得羞耻。

“但是还没有完呢!”玛格丽特又说。

“还有什么事?”

“我在想阿尔芒住哪儿。”

“不跟您一起住吗?”普律当丝笑着问道。

“不，他在我和公爵一起吃午饭的那个曙光饭店里住。趁公爵观赏风景的间隙，我问阿尔努太太，她是不是叫阿尔努太太呢?我问她是否有合适的房间出租，恰巧她有一套，有客厅、会客室和卧室。我想，如此就都齐全了，一个月六十法郎，房间里的摆设很好，就算是一个生忧郁病的人看了也会变得愉快起来的。我把这套房间租了下来，我做得好不好呢?”

我把玛格丽特抱得紧紧的。

“真是太棒了，”她继续说，“您拿着小门上的钥匙，我答应给公爵栅栏门的钥匙了，但是他不会要的，因为就算他要来也只是在白天才来。说实话，我忽然间决定离开巴黎一段日子，我想他听到这个想法一定觉得非常高兴，这样也能让他家里的闲话减少一些。但是他问我，我如此喜欢巴黎，为什么忽然打算到乡下隐居去了呢。我跟他说，是由于我的身体不适，因此要到乡下静养一下，他似乎不怎么相信我所说的话。常常会有闲话传到这个可怜的老头儿的耳朵里，因此我们绝对不可以掉以轻心，我亲爱的阿尔芒。因为他会派人在那儿监视我的，我不仅需要他替我租一座房子，我还需要他帮我偿还债务呢，因为非常不幸，我还有一些债务需要偿还。我这么安排您觉得有什么不妥之处吗?”

“很妥当。”我回答说，但对于这样的生活安排我总觉得心里不是滋味，可是我忍着没有说出来。

“我们仔细参观了这座房子，我们将来住在那里一定非常舒心。公爵想得非常周到呢。啊！亲爱的，”她都快高兴疯了，搂住我说，“您真有福气，有一个百万富翁为您铺床呢。”

“那您何时搬过去啊？”普律当丝问。

“越早越好。”

“您带车马去吗？”

“我会搬走家里全部的东西，我不在家的时候请您帮我看家。”

一星期之后，玛格丽特搬到了乡下那座房子里，我就在曙光饭店住着。

这样那一段我很难向您描述的生活便开始了。

刚刚在布吉瓦尔住下的那段时间，玛格丽特还没办法把那些旧的习惯彻彻底底丢掉，她家里每天都跟过节似的，所有的女朋友都前来看望她，这种情况持续了整整一个月，在玛格丽特家里每天都有十来个人吃饭，普律当丝也带来了她的相识，并且请她们参观房子，仿佛这房子是她的一般。

如同您所想象的，公爵支付一切的开销，可是偶尔普律当丝会以玛格丽特的名义向我要一张一千法郎的钞票。您明白我赌钱的时候赢了一些钱，我赶快把玛格丽特托她跟我要的钱交给她，而且还唯恐我的钱满足不了她的需求，因此我又去巴黎借了一些钱，数目跟我之前曾经借过的相同，当然之前借的那笔钱我已经及时地还清了。

所以我身边又有了一万法郎左右，并且还不包括我的津贴费。

玛格丽特招待朋友的兴致稍稍有点低落，因为这种消遣开支巨大，尤其是因为有时还非要向我要钱。公爵把这座房子租下来给玛格丽特休养，自己却不再在这里露面了，他总是怕在这里碰到那一大群嘻嘻哈哈的宾客，他是不愿被她们看到的。尤其是因为有一天，他来与玛格丽特两人共进晚餐，却碰到有十四五个人在玛格丽特家里吃午饭，这顿午饭在他觉得可以进晚餐的时候还没有吃完。当他打开饭厅的大门时，一阵哄笑冲他而来，这是他万万意料不到的，在这些姑娘肆无忌惮的欢笑声中，他不得不马上就退了出去。

玛格丽特离开餐桌，来到隔壁房间找公爵，竭力劝慰，希望他忘记这个不愉快的场面，不过老头儿的自尊心已经受到了损伤，心里十分恼火。他冷酷地对这个可怜的姑娘说，他不愿再拿出钱来给一个女人任意挥霍，因为这个女人甚至在她家里都不能让他受到应有的尊敬。他怒气冲冲地走了。

从这天起，我们就没有听到他任何消息。玛格丽特后来虽然已经杜门谢客，改变了原来的习惯，公爵还是杳无音讯。如此一来倒成全了我，我的情妇完全属于我了，我的梦想终于实现了。玛格丽特再也离不开我，她完全不顾后果如何，公开宣布了我们之间的关系，于是我就待在她家里不走了。仆人们称我为先生，正式把我当作他们的主人。

对这种新的生活，普律当丝曾竭力警告过玛格丽特，但是玛格丽特回答说，她爱我，她生活里不能没有我，无论发生什么事她都不会放弃和我朝夕相处的幸福，还说如果谁看不惯，尽量不要再来这里。

这些话是有一天普律当丝对玛格丽特说她有一些重要事情要告诉她，她们两人关在房间里交头接耳，我在房门外面偷听到的。

过了些时候普律当丝又来了。

她进来的时候，我正在花园里，她没有看到我。我看见玛格丽特向她迎上前去的模样，就怀疑有一场跟我上次听到的同样性质的谈话又将开始，我想和上次一样再去偷听。

两个女人关在一间小客厅里，我就在门外听。

“怎么样？”玛格丽特问。

“怎么样？我见到了公爵。”

“他对您说什么了？”

“他原谅您第一件事情，但是您公开跟阿尔芒·迪瓦尔先生同居的事情他已经知道。他不能原谅这件事。他对我说，‘只要玛格丽特离开这个小伙子，那么我就像过去一样，她要什么我就给她什么；否则她就不应该再向我要求任何东西’。”

“您是怎样回答的？”

“我说我会把他的决定告诉您，而且我还答应要让您明白事理。亲爱的孩子，您考虑一下您失去的地位，阿尔芒是永远也不能给您这个地位的。阿尔芒一门心思地爱您，不过他没有足够的财产来满足您的需要，他总有一天要离开您的，到那时候就太晚了。公爵再也不肯为您做什么事了，您要不要我去向阿尔芒说？”

玛格丽特似乎在考虑，因为她没有回答，我的心怦怦乱跳，一面在等待她的回答。

“不，”她接着说，“我决不离开阿尔芒，我也不再隐瞒我和他的同居生活。这样做可能很傻，但是我爱他！有什么办法呢？而且他现在丝毫没有顾虑地爱我已经成了习惯，一天里面哪怕要离开我一小时，他也会觉得非常痛苦。再说我也活不了多久，不愿意再自找苦吃，去服从一个老头子的意志；只要一见他，我觉得自己也会变老。让他把钱留着吧，我不要了。”

“但是您以后怎么办呢？”

“我不知道。”

普律当丝或许还想说什么话，可是我突然冲了进去，扑倒在玛格丽特的脚下，眼泪沾湿了她的双手，这些眼泪是因为我听到她这么爱我而高兴地流出来的。

“我的生命是属于你的，玛格丽特，你不再需要那个老公爵了，我不是在这儿吗？难道我会抛弃你吗？你给我的幸福难道我能报答得了吗？不再有约束了，我的玛格丽特，我们相亲相爱！其他的事跟我们有什么相干？”

“啊！是呀，我爱你，我的阿尔芒！”她用双臂紧紧地搂着我的脖子，柔声说道，“我爱你爱得简直连我自己都不能相信。我们会幸福的，我们要安静地生活，我要和那种使我现在感到脸红的生活告别。你一定不会责备我过去的生活的，是吗？”

我哭得连话也讲不出来了，我只能把玛格丽特紧紧地抱在怀里。

“去吧，”她转身向普律当丝颤声说道，“您就把这一幕情景讲给公爵听，再跟他说我们用不着他了。”

从这一天起，公爵已经不是问题，玛格丽特不再是我过去认识的姑娘了。只要会使我想起我当时遇到她时她所过的那种生活的一切，她都尽量避免。她给我的爱是任何一个做妻子的都比不上的，她给我的关心是任何一个做姐妹的所没有的。她体弱多病，容易动感情。她断绝了朋友来往，改变了过去的习惯，她的谈吐变了样，也不像过去那样挥金如土了。人们看到我们从屋里出来，坐上我买的那只精巧的小船去泛舟游河，没人会想到这个穿着白色长裙、头戴大草帽、臂上搭着一件普通的用来抵御河上寒气的丝绸外衣的女人就是玛格丽特·戈蒂埃。就是她，四个月以前曾因奢侈糜烂而名噪一时。

天哪！我们忙不迭地享乐，好像已经料到我们的好日子不长了一样。

我们甚至有两个月没有去巴黎了。除了普律当丝和我跟您提到过的那个朱利·迪普拉，也没有人来看过我们。现在在我这儿的那些令人心碎的日记，就是玛格丽特后来交给朱利的。

我整天整天地依偎在我情妇的身边。我们打开了面向花园的窗子，望着鲜花盛开的夏景，我们在树荫下并肩享受着这个不论是玛格丽特还是我，都从来没有尝到过的真正的生活。

这个女人对一些很小的事情都会表现出孩子般的好奇。有些日子她就像一个十岁的女孩子那样，在花园里追着一只蝴蝶或者蜻蜓奔跑。这个妓女，她过去花在鲜花上的钱比维持一个家庭快快活活地过日子的钱还要多。有时候她就坐在草坪上，甚至坐上整整一个小时，凝望着她用来当作名字①的一朵普通的花。

就在那段日子里，她经常阅读《玛侬·莱斯科》。我好几次撞见她在这本书上加注，而且老是跟我说，一个女人在恋爱的时候肯定不会像玛侬那样做的。

公爵写了两三封信给她，她认出是公爵的笔迹，连看也不看就把信交给了我。

有几次信里的语言使我流下了眼泪。

公爵原来以为，把玛格丽特的财源掐断以后，就会使她重新回到他的身边。可是当他看到这个办法毫无用处的时候，就坚持不下去了，他一再写信，要求她像上次一样同意他回来，不管什么条件他都可以答应。

---

① 法语中“玛格丽特”是雏菊花的意思。

我看完这些翻来覆去、苦苦哀求的信以后，就把它们全撕了，也不告诉玛格丽特信的内容，也不劝她再去看看那位老人。尽管我对这个可怜的人的痛苦怀着怜惜的感情，可是我怕再劝玛格丽特仍旧像以前那样接待公爵的话，她会认为我是希望公爵重新负担这座房子的开销，无论她的爱情会给我带来什么样的后果，我都会对她的生活负责的，我最怕的就是她认为我也许会逃避这个责任。

最后公爵因收不到回信也就不再来信了。玛格丽特和我依旧在一起生活，完全不考虑以后怎么办。

十八

把我们新生活中的一切琐碎的事情很详尽地告诉您是不太容易的。对于我们自己而言这种生活是一些类似于孩子的嬉戏，我们认为有趣得很，然而对于听我讲述这个故事的人来说，却并不是什么重要的事情。您了解爱上一个女人是怎样一种感受吗？您能明白白天是如何匆匆过去，晚上又是如何地相亲相爱、不舍得分离的吗？您肯定了解一起分享和相互依赖、信任的热烈爱情，能够让所有的事物靠边站；在这个世界上，除去这个自己深深爱恋着的女人，别的都是那样的多余。对于在此之前我曾在别的女人身上所用过的心思我感到后悔；我无法想象除了现在被自己握在手里的这双手以外，还怎么去握别的手。我的大脑不去思考，也不去回忆，装在心里的只是一个念头，一切可能会对这个念头造成影响的思想我全部拒绝。每天我都能够在自己情妇身上发掘某种新的魅力或者某种不曾体会过的快感。

人这一生不过是为了满足不断的欲望，灵魂也只不过是维持爱情圣火的守灶女神[①]。

晚上，我们常常会坐在小树林里俯视着我们的房子，倾听着夜晚和谐悦耳的天籁，同时两人都在想着不久又能够相拥着一直到明天。有的时候我们一整天都在床上躺着，甚至紧闭着窗帘，不让阳光透进房子里来。外界之于我们似乎暂时停滞了。只有纳尼娜才可以打开我们房间的门，那仅仅是因为要给我们送点吃的东西；我们就在床上吃，还一直傻笑嬉戏。然后再睡一会儿。我们就仿佛是沉没在爱情之河里面的两个意志坚强的潜水员，唯有必须得换气时才浮出水面一下。

然而，玛格丽特有的时候看起来特别惆怅，甚至有很多次她的眼里有泪水流了出来，这让我很困惑。我问她为什么一下子又悲伤起来了呢，她回答我说："我们的爱情和平常的爱情不一样，我亲爱的阿尔芒。你爱我就好像我从都不曾失身于别人一般，但是我很害怕，害怕用不了多长时间你便会对你的爱情感到后悔，把我的从前当成是罪恶。我害怕你逼我去做你曾带我摆脱了的旧业。想想如今我知道新生活是什么滋味的了，让我再像从前那般生活，我会活不下去的。告诉我你永远都会陪在我的身边。"

"我向你发誓!"

听到我这么说，她专注地看着我，仿佛想要从我眼睛里看出我的誓言够不够真诚，然后她便扑在了我的怀里，把她的脑袋埋在我的胸前，对我说："你无法想象我有多么的爱你啊!"

有一天傍晚，我们在窗台的栏杆上倚着，凝视着浮云掩映着的月亮，倾听着一阵轻风吹过后摇曳着的树木发出的沙沙声，我们手握着手，沉默了很久，玛格丽特忽然对我说："快要到冬天了，我们离开这里好不好?"

"到什么地方去呢?"

---

① 罗马灶神庙中拿着圣火日夜守伺的童贞女。

“到意大利去。”

“那么在这地方待得感觉厌烦了是吗?”

“我害怕冬天，可更加害怕回到巴黎去。”

“为何呢?”

“因素很多。”

她并没有跟我说是什么让她感到害怕，却突然接下去说：“你愿意离开这里吗？我卖掉我全部的东西，一起去那儿生活，不留一丝一毫我过去的痕迹。谁都不会知道我是谁。你愿意吗?”

“玛格丽特，如果你喜欢，我们就走吧，我们去旅行一趟。”我对她说，“可是为什么要把东西全部变卖呢？等你回来的时候看到这些东西应该是会非常高兴啊。我所拥有的财产不足以接受你这种牺牲，可是好好地做一次五六个月的旅行，我的钱还是足够的，如果能讨你欢心哪怕是一丁点儿也好。”

“还是不要去了吧，”她离开窗子继续说着，一边向房间里阴暗处的长沙发椅走过去坐了下来，“为什么一定要到那里花钱呢，有什么意思呢？在这里我已经花了你很多的钱了。”

“你是在埋怨我，玛格丽特，这可不公道啊!”

“请原谅，朋友，”她伸手给我说，“这种暴风雨天气使我精神不愉快；我讲的并不是我心里想的话。”

说着她吻了我一下，随后又陷入沉思。

类似这样的情景发生过好几次，虽然我不知道她产生这些想法的原因是什么，但是我很清楚玛格丽特是在担心未来。她是不会怀疑我的爱情的，因为我越来越爱她了。但是我常常看到她忧心忡忡，她除了推诿说身体不佳之外，从来不告诉我她忧愁的原因。

我怕她对这种过于单调的生活感到厌烦，就建议她回到巴黎去，但她总是一口拒绝，并一再对我说没有地方能比乡下使她感到更加快乐。

普律当丝现在不常来了，但是她经常来信，虽然玛格丽特一收到信就心事重重，我也从来没有要求看看这些信，我百思不得其解。

一天，我走进玛格丽特的房间，她正在写信。

“你写信给谁?”我问她。

“写给普律当丝，要不要我把信念给你听听？”

一切看来像是猜疑的事情我都很厌恶，因此我回答玛格丽特说，我不需要知道她写些什么，但是我可以肯定这封信能告诉我她忧愁的真正原因。

第二天，天气非常好，玛格丽特提出要乘船去克罗瓦西岛玩，她好像非常高兴。我们回家时已经五点钟了。

“迪韦尔诺瓦太太来过了。”纳尼娜看见我们进门就说。

“她走了吗？”玛格丽特问道。

“走了，坐夫人的车子走的，她说这是讲好了的。”

“很好，”玛格丽特急切地说，“吩咐下去给我们开饭。”

两天之后，普律当丝来了一封信，之后的两个星期，玛格丽特已经不再那么莫名其妙地发愁了，而且还不断地要求我为这件事原谅她。

可马车没有回来。

“普律当丝怎么不把你的马车送回来？”有一天我问。

“那两匹马中有一匹病了，车子还要修理。反正这里用不着坐车子，趁我们还没有回巴黎之前把它修好不是很好吗？”

几天之后，普律当丝来看望我们，她向我证实了玛格丽特对我讲的话。

两个女人在花园里散步，当我向她们走去的时候，她们就把话题扯开了。

晚上普律当丝告别的时候，抱怨天气太冷，要求玛格丽特把开司米披肩借给她。

就这么过去了一个月，在这一个月里玛格丽特比过去任何时候都要快乐，也更加爱我了。

但是马车没再回来，披肩也没有送回来。凡此种种不由得使我起了疑心。我知道玛格丽特存放普律当丝来信的抽屉，趁她在花园里的时候，我跑到这个抽屉跟前。我想打开看看，可打不开，抽屉锁得紧紧的。

接着我开始搜寻那些她平时盛放首饰和钻石的抽屉，这些抽屉一下就打开了，但是首饰盒不见了，盒子里面的东西不用说也没有了。

一阵恐惧猛地袭上了我的心头。

我想去问玛格丽特这些东西到底哪儿去了，但是她肯定不会对我说实话的。

“我的好玛格丽特，”于是我这样对她说，“我来请求你允许我到巴黎去一次。我家里的人还不知道我在哪里，我父亲也该来信了，他一定在挂念我，我一定要给他写封回信。”

“去吧，我的朋友，”她对我说，“但是要早点回来。”

我走了。

我马上跑到普律当丝的家里。

“啊，”我开门见山地跟她说，“您老实告诉我，玛格丽特的马车到哪儿去了？”

“卖掉了。”

“披肩呢？”

“卖掉了。”

“钻石呢？”

“当掉了。”

“是谁去替她卖的？是谁去替她当的？”

“是我。”

“为什么不告诉我。”

“因为玛格丽特不让我告诉您。”

“那您为什么不向我要钱呢？”

“因为她不愿意。”

“那么这些钱都做了什么呢？”

“还账。”

“她还欠人家很多钱吗？”

“还欠三万法郎左右。啊！我亲爱的，很早我不是就跟您说了吗？您不愿相信我的话，那么现在总该相信了吧。原来由公爵作保的地毯商去找公爵的时候吃了闭门羹，第二天公爵写信告诉他说他不管戈蒂埃小姐的事了。这个商人来要钱，只好分期付给他，我向您要的那几千法郎就是付给他的。后来一些好心人提醒他说，他的债务人已经被公爵舍弃了，她正在跟一个没有财产的青年过日子；别的债权人也接到了同样的通知，他们也来讨债，来查封玛格丽特的财产。玛格丽特本来想把什么都卖掉，由于时间紧迫，况且我也反对她这样做。账是一定得还的，为了不跟您要钱，她卖掉了马匹和开司米披肩，当掉了首饰。您要不要看看买主的收据和当铺的当票?”

于是普律当丝打开一只抽屉给我看了这些票据。

“啊！您相信了吧!”她用一种好像说“我是有理的”那种女人的扬扬自得的口气接着说，“啊！您以为只要相亲相爱就可以了吗？您以为只要一起到乡下去过那种梦一般的田园生活就行了吗？不行的，我的朋友，不行的。除了这种理想生活，还有物质生活，最纯洁的决心都会有一些庸俗可笑的牵连，而且这些牵连牢得像铁索一样，是不容易挣断的。要是说玛格丽特从来不骗您，那是因为她的性格与众不同。我劝她并没有劝错，因为我不忍心看到一个可怜的姑娘吃尽当光。她不听我的话！她回答我说她爱您，绝不欺骗您。这真是太美了，太富有诗意了，但这些都不能当作钱来还给债主的呀。我再跟您说一遍，现在她没有三万法郎是没法应付的。”

“好吧，这笔钱我来付。”

“您去借吗?”

“是啊，老天。”

“您可要干出好事来了，您要是跟您父亲闹翻，他会断绝您的生活来源，再说三万法郎也不是一两天内筹得到的。相信我吧，亲爱的阿尔芒，我了解女人可比您多。别干这种傻事，迟早一天您会后悔的。您要理智一些，我不是叫您跟玛格丽特分手，不过您要像夏天开始时那样跟她生活。让她自己去想办法摆脱困境。公爵慢慢地会来找她的。N伯爵昨天还在对我说，要是玛格丽特肯接待他的话，他要替她还清所有的债务，每月再给她四五千法郎。他有二十万利弗尔的年金。这对她来说可算是一个依靠，而您呢，您早晚要离开她的；您不要等到破了产再这样做，况且这位N伯爵是个笨蛋，您完全可以继续做玛格丽特的情人。开始时她会伤心一段时间的，但最后还是会习惯的，您这样做了，她总有一天会感谢您的。您就把玛格丽特当作是有夫之妇，您欺骗的是她的丈夫，就是这么回事。”

“这些话我已经跟您说过一遍了，那时候只不过是一个忠告，而现在已几乎非这样做不行了。”

普律当丝讲的话虽然难听，但非常有道理。

“就是这么回事，”她一面收起刚才给我看的票据，一面继续对我说，“做妓女的专等人家来爱她们，而她们永远也不会去爱人；要不然，她们就要攒钱，以便到了三十岁的时候，她们就可以为一个一无所有的情人这么个奢侈品而自己掏腰包。如果我早知今日有多好啊，我！总之，您什么也别跟玛格丽特说，把她带回巴黎来。您和她已经一起过了四五个月了，这已经够好的了；眼开眼闭，这就是对您的要求。半个月以后她就会接待 N 伯爵。今年冬天她节约一些，明年夏天你们就可以再过这种生活。事情就是这么干的，我亲爱的。”

普律当丝好像对她自己的一番劝告很得意，我却恼怒地拒绝了。

不只是我的爱情和我的尊严不允许我这样做，而且我深信玛格丽特是宁死也不肯再过以前那种人尽可夫的生活了。

“别开玩笑了，”我对普律当丝说，“玛格丽特究竟需要多少钱？”

“我跟您讲过了，三万法郎左右。”

“这笔钱什么时候要呢？”

“两个月以内。”

“她会有的。”

普律当丝耸了耸肩膀。

“我会交给您的，”我继续说，“不过您要发誓不告诉玛格丽特是我给您的。”

“放心好了。”

“如果她再托您卖掉或者当掉什么东西，您就来告诉我。”

“不用费心，她已经什么都没有了。”

我先回到家里看看有没有我父亲的来信。

有四封。

十九

在前三封信里，父亲因为我不曾写信回去而十分担忧，他问为什么不写信回去。在最后一封信里，他暗示我他已经从别人那里了解到了我生活上的改变，并告诉我说他很快会来巴黎。

我一直都非常尊敬我的父亲，并且对他怀有一种十分真挚的情感。

因此我在给他的回信里说明我之所以没有回信是因为进行了一次短途旅行，并请他事先通知我他到达巴黎的时间，我好去接他。

我告诉了我的仆人我在乡下的地址，并叮嘱他只要一收到C城邮戳的来信便立即给我送过来，然后我立刻又回到了布吉瓦尔。

玛格丽特在花园门口等我。

她的眼神看上去有一些惆怅。她一把把我抱住，情不自禁地问我："你有没有碰到普律当丝啊？"

"没有。"

"你为什么在巴黎待了那么久？"

"我收到了父亲的几封信，我必须给他写回信。"

没多久，纳尼娜气喘吁吁地进来了。玛格丽特站起身来，走到她的身边跟她低低说了几句话。

纳尼娜出去之后，玛格丽特再次在我的身旁坐了下来，握着我的手跟我说："为什么你要欺骗我？你去过普律当丝家了。"

“什么人告诉你的?”

“纳尼娜。”

“她从哪里知道的?”

“她刚才跟着你去的。”

“是你让她跟着我的吗?”

“是的。你已经有四个月不曾离开过我了，我想你去巴黎肯定有什么重要的事情要办。我害怕你有什么不幸，或者是要去看其他的女人。”

“傻孩子!”

“我现在放心了，我知道你刚才去干了些什么，但是我还不知道其他人跟你说了些什么。”

我给玛格丽特看我父亲的来信。

“我不是问你这个，我想知道你为什么要去普律当丝家。”

“去看看她。”

“你胡说，我的朋友。”

“那么我是去看看你的马有没有好，她还用不用你的披肩、你的首饰。”

玛格丽特的脸一下子变得通红，但是她没有回答。

“因此，”我接着说，“我也就知道你的马匹、你的披肩以及你的钻石被用来干什么了。”

“那么你怪我了吗?”

“我怪你为什么有需要的东西的时候想不到跟我要。”

“我们的关系发展到了这一步，假如这个女人还有一丝一毫自尊心的话，她就必须忍受一切可能的牺牲，也绝对不可以跟她的情人要钱，否则她的爱情跟卖淫又有什么区别呢。你爱我，这个我非常肯定。但是你无法想象像我这样的女人的爱情是怎样的脆弱。谁知道呢?难说在某个困难或者烦恼的时刻，我们的爱情会被你想象成一件经过精心策划之后的买卖。普律当丝爱多嘴。我要这些马有什么用?卖掉它们还可以节省一些开销，没有马，我的日子还不是一样过，还能够省掉一些饲养费，你始终不渝的爱情是我的唯一要求。即使我没有马、没有披肩、没有钻石，但你对我的爱肯定不会变。”

这些话讲得泰然自若，我听得眼泪都快流出来了。

“但是，我的好玛格丽特，”我深情地紧握着我情妇的手回答说，“你很清楚，你这种牺牲，总有一天我会知道的，那时我怎么受得了。”

“为什么受不了呢？”

“因为，亲爱的孩子，我不愿意你因为爱我而牺牲你的首饰，即使牺牲一件也不行。我同样也不愿意在你感到为难或者厌烦的时候会想到，要是你跟别人同居的话，就不会发生这种情况了。我不愿意你因为跟了我而感到遗憾，哪怕只有一分钟也不行。几天以后，你的马匹、你的钻石和你的披肩都会归还给你，这些东西对你来说就像空气对生命一样是必不可少的。这也许是很可笑的，但是你生活得奢华比生活得朴素更使我心爱。”

“那么说，你不再爱我了。”

“你疯了！”

“如果你爱我的话，你就让我用我的方式来爱你，否则的话，你就只能继续把我看成一个奢侈成性的姑娘，而老觉得必须得给我钱。你羞于接受我对你爱情的表白。你总是不由自主地想到总有一天要离开我，所以你小心翼翼，生怕被人疑心，你是对的，我的朋友，但是我原来的希望还不只是这样。”

玛格丽特动了一下，想站起来，我拉住她对她说：“我希望你幸福，希望你没有什么可以埋怨我的，就这些。”

“那么我们就要分手了！”

“为什么，玛格丽特？谁能把我们分开？”我大声说道。

“你，你不愿让我知道你的情况，你要我保留我的虚荣心来满足你的虚荣心，你想保持我过去的奢侈生活，你想保持我们思想上的距离；你，总之，你不相信我对你的无私的爱情，不相信我愿意和你同甘共苦，有了你这笔财产我们本来可以一起生活得非常幸福，但是你宁愿把自己弄得倾家荡产，你这种成见真是太根深蒂固了。你以为我会把你的爱情和车子、首饰相比吗？你以为我会把虚荣当作幸福吗？一个人心中没有爱情的时候可以满足于虚荣，但一旦有了爱情，虚荣就变得庸俗不堪了。你要代我偿清债务，把自己的钱花光，最后你来供养我！就算这样又能持续多长时间呢？两三个月？那时候再按我的办法去生活就太迟了，因为到那时你什么都得听我的，而一个正人君子是不屑于这样干的。现在你每年有八千到一万法郎的年金，有了这些钱我们就可以过日子了。我卖掉我多余的东西，每年就会有两千利弗尔的收入。我们去租一套漂漂亮亮的小公寓，两个人住在里面。夏天我们到乡下玩玩，不要住像现在这样的房子，有一间够两个人住的小房间就行了。你了无牵挂，我自由自在，我们年纪还轻，看在上天的分儿上，阿尔芒，别让我再去过我从前那种迫不得已的生活吧。”

我无法回答，感激和深情的泪水模糊了我的眼睛，我扑在玛格丽特的怀抱之中。

“我原来想，”她接着说，“瞒着你把一切都安排好，把我的债还清，叫人把我的新居布置好。到 10 月份，我们回到巴黎的时候，一切都已就绪；但是既然普律当丝全都告诉你了，那你就得事前同意而不是事后承认……你可以爱我到这般地步吗?”

对这么真挚的爱情是不可能拒绝的，我狂热地吻着玛格丽特的手对她说：“我一切都听你的。”

她所决定的计划就这样讲定了。

于是她快乐得像发了疯似的，她跳啊唱啊，为她简朴的新居而庆祝，她已经和我商量在哪个街区寻找房子，里面又怎么布置，等等。

我看她对这个主意既高兴又骄傲，好像这样一来我们就可以永不分离似的。

我也不愿意白受她的恩情。

转眼间我就决定了今后的生活，我把我的财产做了安排，把我从母亲那里得来的年金赠给玛格丽特，为了报答我所接受的牺牲，这笔年金在我看来是远远不够的。

我自己留下了我父亲给我的每年五千法郎津贴，无论发生什么事情，靠它来过日子也足够了。

做这样的安排我没有告诉玛格丽特。因为我坚信她一定会拒绝这笔赠予的。

这笔年金来自一座价值六万法郎的房子的抵押费。这座房子我始终也没有看见过。我所知道的只不过是每一季度，我父亲的公证人——我家的一位世交——都要凭我一张收据交给我七百五十法郎。

在玛格丽特和我回巴黎去找房子的那天，我找了这位公证人，问他我要把这笔年金转让给另外一个人我应该办些什么手续。

这位好心人以为我破产了，就询问我做出这个决定的原因。因为我早晚都得告诉他我这次转让的受益人是谁，我想最好还是马上如实告诉他。

作为一个公证人或者一个朋友，他当然可以提出不同意见，但他丝毫没有异议，他向我保证他一定尽力把事情办好。

我当然嘱咐他在我父亲面前要严守秘密。随后我回到玛格丽特身边，她在朱利·迪普拉家里等我。她宁愿到朱利家去而不愿意去听普律当丝的说教。

我们开始找房子。我们所看过的房子，玛格丽特全都认为太贵，而我却觉得太简陋。不过我们最后终于达成了一致，决定在巴黎最清静的一个街区租一幢小房子，这幢小房子是一座大房子的附属部分，但是是独立的。

在这幢小房子后面还附有一个美丽的小花园，花园周围的围墙高低适宜，既能把我们跟邻居隔开，又不妨碍视线。

这比我们原来希望的要好。

我回家去把我原来那套房子退掉，在这期间，玛格丽特到一个经纪人那儿去了。据她说，这个人曾经为她的一个朋友办过一些她现在去请他办的事。

她非常高兴地又回到普罗旺斯街来找我。这个经纪人同意替她了清一切债务，把结清的账单交给她，再给她两万法郎，当作她放弃所有家具的代价。

您已经看到了，从出售的价格来看，这个老实人大概赚了他主顾三万多法郎。

我们又欢欢喜喜地回到布吉瓦尔去，继续商量今后的计划。由于我们毫无顾虑，特别是我们情深似海，我们总觉得前景无限美好。

一个礼拜之后，有一天正当我们在吃午饭的时候，纳尼娜突然进来对我说，我的仆人要见我。

我叫他进来。

“先生，”他对我说，“您父亲已经到巴黎来了，他请您马上回家，他在那里等您。”

这个消息本来是再平常不过的事情，但是，玛格丽特和我听了却面面相觑。

我们猜想要大祸临头了。

虽然她没有把我们所共有的想法告诉我，我却把手伸给她，回答她说：“什么也别怕。”

“你尽可能早点回来，”玛格丽特吻着我喃喃地说，“我在窗口等你。”

我派约瑟夫去对我父亲说我马上就到。

果然，我只用了两个小时就到了普罗旺斯街。

二十

我父亲穿着晨衣，在我的客厅里坐着写信。

由他抬起眼睛看我进去的表情我看得出来，他要谈的是非常严重的问题。

但是我假装什么都没有看到，走到他的跟前拥抱亲吻了他。

“爸爸，您是什么时候到这里来的啊？”

“昨天晚上。”

“您跟从前没什么两样，下车就立马来我这里了吗？”

“是的。”

“很抱歉我没有接您去。”

讲了这几句话以后我就等着父亲的训导，这从他冷冰冰的脸上是看得出来的。但是他并没有说什么，把他刚写好的那封信封好了，然后让约瑟夫将它寄走。

当屋子里只剩下我们两个人的时候，父亲站起身来，倚在壁炉上跟我说：“亲爱的阿尔芒，我得跟你谈一谈，这是件非常严肃的事情。”

“我听着，爸爸。”

“你一定跟我说老实话好吗？”

“我从来都不说谎话的。”

“你在跟一个叫作玛格丽特·戈蒂埃的女人同居，事情是这样的吗？”

“真的。”

“你了解这个女人是个怎样的人吗？”

“一个妓女。”

“就是因为她，今年你才忘了来看望我和你妹妹的吗？”

“是的，爸爸，我承认。”

“那么说你很爱这个女人了？”

“这些您看得非常清楚，爸爸，正是因为她才让我没能尽到这个神圣的义务，因此今天我来请求您的宽恕。”

我父亲肯定没有想到我的回答会是这样的爽快，因为他好像想了片刻，然后他对我说：“难道你真的不明白你一直这样生活下去是不可以的吗？”

“我曾经也像您这样顾虑重重，爸爸，但是不知道为什么。”

“可是你应该知道的，”我父亲语气生硬地说，“我是绝对不能允许你这样的。”

“我想只要我不败坏门风，玷辱家誉，我就能够过我目前所过的这种日子，正是这些想法才使我稍许安心了点儿。”

爱情在和感情做激烈的对抗，为了保住玛格丽特，我打算反抗一切，甚至反抗我的父亲。

“那么现在是时候改变一下你的生活方式了。”

“啊，为什么呢？爸爸。”

“因为你目前所做的这些事情正在败坏你家庭的名声，并且你也觉得有必要维护这个名声。”

“您的这些话是什么意思呢，我不明白。”

“现在我向你解释一下。你有一个情妇，这非常好，你像一个时髦人那样养着一个妓女，这没有什么可非议的；可是你为了她把最最神圣的职责都忘记了，你的丑闻一直传到了我们外省的家乡，让我家的门楣受到了玷辱，这是不可以的，以后绝对不能再这样。”

“请您听我说，爸爸，那些告诉你我的这些事情的人对于实际情况并不是很了解。我是戈蒂埃小姐的情人，我们在同居，这是件再普通不过的事情了。我并没带给戈蒂埃小姐从您那儿得到的姓氏，并且在她身上所花的钱也是我的收入所允许的。我没有欠下债务，总之我的行动没有任何一点值得一个做父亲的向他儿子说您刚才对我说的这番话。”

“看到儿子不走正道，做父亲的总是有权把他拉回来的。你还没有做什么坏事，可你以后会做的。”

“爸爸！”

“先生，对于人生我总比您有经验些。只有真正贞洁的女人才谈得上真正纯洁的爱情。任何一个玛侬都会有一个德·格里欧的。现在时代和风尚都不一样了，人要是年纪大了仍不长进，那他也只能算是虚度岁月了。您必须离开您的情妇。”

“很遗憾我不能听从您，爸爸，这是不可能的。”

“我要强迫您同意。”

“不幸的是，爸爸，放逐妓女的圣玛格丽特岛已经没有了，而且就算它还存在，您又能把她发送到那里去的话，我也会跟随戈蒂埃小姐一起去的。您说怎么办？或许是我不对，可我只有在做这个女人的情人时才感到幸福。”

“啊，阿尔芒，您要睁大眼睛看看清楚，您得承认您父亲一直在爱着您，他一心期望您得到幸福。您像做丈夫似的跟一个和大家都睡过的姑娘同居，难道不觉得羞耻吗？”

“只要以后她不跟别人睡，爸爸，那又有什么关系？只要这个姑娘爱我，只要她由于我们相互的爱情而得到新生，总之，只要她已经改邪归正，那又有什么关系！”

“啊！先生，那么您认为一个有身份的男人，他的任务就是使妓女改邪归正吗？难道您相信天主赋予人的竟是这么一个怪诞的使命吗？一个人心里就不该有其他方面的热情吗？到您四十岁时，这种神乎其神的治疗将会得到什么样的结果呢？您将对您今天讲的话又会有何想法？如果这种爱情在您已经度过的岁月中还没有留下太深的痕迹，如果到时候您还笑得出来的话，您自已也会对这种爱情感到可笑的。如果您父亲过去也有跟您一样的想法，听任他的一生被这类爱情冲动所摆布，而不是以荣誉和忠诚的思想去成家立业的话，您现在又是怎么样的一个人呢？您想一想吧，阿尔芒，别再说这些蠢话了。好吧，离开这个女人吧，您的父亲恳求您。”

我什么也不回答。

“阿尔芒，”我父亲继续说，“看在您圣洁的母亲的分儿上，相信我，不要再过这种生活，您马上会把它丢到脑后的，比您现在想象的还要快些。您对待这种生活的理论是行不通的。您已经二十四岁，想想您的前途吧。您不可能永远爱这个女人，她也不会永远爱您的。你们两个都把你们的爱情夸大了。您断送了一生的事业。再走一步您就会陷入泥潭无法自拔，一辈子都会为青年时期的失足而后悔。走吧，到您妹妹那里去，过上一两个月。休息和家庭的温暖很快就会把您这种狂热医好，因为这只不过是一种狂热而已。

“在这段时间里，您的情妇会想通的，她会另外找一个情人，而当您看到您险些为了这样一个女人跟您父亲闹翻，失去他的慈爱，您就会对我说，我今天来找您是很有道理的，您就会感谢我的。

“好吧，阿尔芒，您会离开她的，是吗？”

我觉得我父亲的话对所有其他的女人来说是对的，可是我深信他的话对玛格丽特来说却是错的。然而他跟我说最后几句话的语气是那么温柔，那么恳切，我都不敢回答他。

“怎么样？”他用一种激动的声音问我。

“怎么样，爸爸，我没法答应您什么，”我终于说道，“您要求我做的事超出了我的能力范围，请相信我，”我看见他做了一个不耐烦的动作，我继续说道，“您把这种关系的后果看得过于严重了。玛格丽特并不是您想象中的那种姑娘。这种爱情不但不会把我引向邪路，相反能在我身上发展成最最崇高的感情。真正的爱情始终是使人上进的，不管激起这种爱情的女人是什么人。要是您认识玛格丽特，您就会明白我没有任何危险。她像最高贵的女人一样高贵。别的女人身上有多少贪婪，她身上就有多少无私。”

“这倒并不阻碍她接受您全部财产，因为您把从母亲那儿得到的六万法郎全都给了她。这六万法郎是您仅有的财产，您要好好记住我对您讲的话。”

我父亲很可能有意把这句威胁的话留在最后讲，当作对我的最后一击。

我在威胁面前比在婉言恳求面前更加坚强。

“谁对您说我要把这笔钱送给玛格丽特的？”我接着说。

“我的公证人。一个上流社会有教养的人能不通知我就办这样一件事吗？好吧，我来到巴黎就是为了不让您因为一个姑娘而做败家子。您母亲在临死的时候给您留下的这笔钱是让您规规矩矩地过日子，而不是让您在情妇面前摆阔气的。”

“我向您发誓，爸爸，玛格丽特完全不知道这回事。”

“那您为什么要这样做呢？”

“因为玛格丽特，这个受到您污蔑的女人，这个您要我抛弃的女人，为了跟我同居她牺牲了一切。”

“而您接受了这种牺牲？那么您算是什么人呢？先生，您竟同意这位玛格丽特小姐为您牺牲什么东西吗？好了，够了。您必须抛弃这个女人。刚刚我是请求您，现在我是命令您。我不想在我家里发生这样的丑事。把您的箱子收拾好，准备跟我一起走。”

“请原谅我，爸爸，”我说，“我不走。”

“为什么?”

“因为我已经到了可以不再服从一个命令的年龄了。”

听到这个回答，我父亲的脸色都变白了。

“很好，先生，”他又说，“我知道我该怎么办了。”

他拉铃。

约瑟夫走了进来。

“把我的箱子送到巴黎旅馆去。”他对我的仆人说，一面走进他的卧室里去穿衣服。

他出来时，我向他迎了上去。

“爸爸，”我对他说，“别做什么会使玛格丽特感到痛苦的事，您可以答应我吗?”

我父亲站定了，轻视地看着我，只是回答我说：“我想您是疯了。”

讲完他就走了出去，把身后的门用力地关上了。

我也跟着下了楼，搭上一辆双轮马车回布吉瓦尔去了。

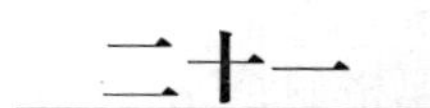

二十一

玛格丽特在窗口等着我。

“终于来了!”她嚷着向我扑过来紧紧抱着我，“你来了，你的脸色怎么这么苍白啊!”

于是我便把我和父亲之间发生的事情告诉了她。

“啊！天哪！我也想到了，”她说，“约瑟夫过来告诉我们说你父亲来了的时候，我就感觉到似乎有什么大事要发生了，禁不住浑身哆嗦。可怜的朋友！都是我害你这么痛苦的。或者你还是离开我吧，这总比跟你父亲闹翻要强一些。但是我哪里惹到他了啊。我们好好地过我们的日子，未来也将好好地过日子。他完全明白你需要有一个情妇，有我做你的情妇他应该为你而高兴的，因为我爱你，对于你的境况非常清楚，也绝对不会向你提出什么非常过分的要求。我们关于将来的计划你跟他说了吗？”

“说了，正是这件事情最让他生气，因为在这个主意里面他看到了我们真心相爱的证据。”

“那可如何是好呢？”

“我们要在一起，我善良的玛格丽特，这场暴风雨会过去的。”

“能过去吗？”

“肯定会过去的。”

“那么你父亲会就这么算了吗？”

“你认为他会怎么做？”

“我不知道。一个父亲为了能够让自己的儿子服从自己的意志，什么事情都可能做得出来。他为了让你远离我，会让你回忆我从前所过的生活，或许他还会替我编出一点别的事情来。”

“你知道我是爱你的。”

“是的，可是我也明白你迟早得服从你父亲的意志，或许最终他会把你说服的。”

“不，玛格丽特，最终我会说服他的。他之所以发这么大脾气是因为听了几个朋友的闲话。可是他心肠不坏，为人正直，他会同意我们在一起的。再说，总之这又关我什么事！”

“不要这么说，阿尔芒，我什么都愿意，就是不希望有人认为是我在撺掇你跟家里闹翻。今天就不说了，你明天就回巴黎去吧。你的父亲也会像你一样从他那方面再好好想一下的，很可能你们会互相理解对方。别冒犯他的原则，装作对他希望的那样做些让步；别表现得太关心我，他就会让事情就这么过去的。往好处想一下吧，我亲爱的朋友，要满怀信心地对待一件事情。无论事情怎样，我还是你的玛格丽特。”

“你向我发誓吗?”

“要我对你发誓吗?”

听从一个心爱的声音的规劝是多么温柔甜蜜啊！一整天我们两个人都在反复讨论我们的计划，似乎我们已经明白了我们一定得加快这些计划的实施，我们一直都在等待着发生一些事情。幸运的是这一天终于结束了，没有什么新的情况。

第二天，我上午十点就出来了，中午，我到了旅馆。

我的父亲已经不在那里了。

我回到了自己家里，期盼着他会去我的家里。可是没有人来过我家。然后我又去了公证人那里，也没有找到他。

我再次回到旅馆去，一直待到六点钟，父亲仍旧没有回来。

我又回布吉瓦尔去了。

玛格丽特并没有像前一天那样在等我，而是坐在炉火旁边，那时的天气已经需要生炉子了。

她在沉思着。我靠近她的扶手椅，她居然没有听到我的声音，连头也没有回，当我轻轻地在她的额头上吻了一下时，她颤抖了一下，似乎这个亲吻把她给惊醒了似的。

“吓死我了，”她对我说，“你父亲呢?”

“我没有见到他。我不知道是怎么回事，无论在旅馆里，还是在他可能去的地方都找不到他。”

“好吧，明天再去。”

“我想等他派人来叫我。我应该做的我想我都做了。”

“不，我的朋友，这样做远远不够，一定要回到你父亲那儿去，特别是明天。”

“为什么非要是明天而不是别的日子呢?”

“因为，”玛格丽特听到我这样问，脸色微微发红，说道，“因为越是你要求得迫切，我们将越快地得到宽恕。”

这一天里，玛格丽特总是怅然若失，心不在焉，忧心忡忡。为了得到她的回答，我对她说话，总得重复两遍。她把这种心事重重的原因归诸于两天以来发生的事情和对前途的担忧。

整个晚上我都在安慰她，第二天她带着我无法理解的焦躁不安催我动身。

像头天一样，我父亲不在，可是他在出去的时候给我留下了这封信：

要是你今天又来看我，等我到四点钟，要是四点钟我还不回来，那么明天跟我一起来吃晚饭，我一定要跟你谈谈。

我一直等到信上指定的时间；父亲没有来，我只好走了。

前一天我发现玛格丽特愁眉不展，这一天我看玛格丽特像是在发烧，情绪相当激动。看到我进去，她紧紧搂住我，在我的怀里哭了好长一段时间。

我问她怎么会突然觉得这么悲伤。可她越来越伤心，让我感到惊奇万分。她没有告诉我任何讲得通的理由，她说的话，都是一个女人不愿意说真话时所提出的借口。

等她稍微平静了一些后，我把这次奔波的结果告诉了她，又把父亲的信给她看，要她放轻松，根据信上所说，我们可以想得乐观一些。

看到这封信，想到我所做的一切，她更是泪如泉涌，所以我必须把纳尼娜叫来。我们怕她神经受了刺激，对此，我们只字未提，只是把痛哭流涕的可怜的姑娘扶到床上让她躺下，可她握住我的双手不住地吻着。

我问纳尼娜，在我出门的时候，她的女主人有没有收到过什么信，或者有什么客人来过，才令她变成现在这般模样。可纳尼娜回答我说没有来过什么人，也没有人送来什么东西。

但是，昨天一定发生过什么事，玛格丽特越是瞒我，我越是感到惶恐不安。

傍晚，她似乎稍微平静了一些。她叫我坐在她的床脚边，又唠唠叨叨地对我重复着她对爱情的忠贞。随后，她又对我嫣然一笑，但很勉强，因为无论她怎么克制，她的眼睛里总是噙着眼泪。

我想尽办法要她把伤心的真实原因讲出来，但她翻来覆去地对我讲一些我已经跟您讲过的那些不着边际的理由。

她终于在我怀里睡着了，但是这种睡法不但不能使她得到休息，反而在摧残她的身体，她不时地发出一声尖叫，突然惊醒。等她肯定我确实还在她身边之后，她便要我起誓永远爱她。

这种痛苦一直延续到第二天早上，我一点也不清楚是什么原因。接着玛格丽特迷迷糊糊睡着了。她已有两个晚上没有好好睡觉了。

这次休息的时间也不长。

十一点左右，玛格丽特醒来了，看到我已经起床，她茫然四顾，喊了起来。

“你这就要走了吗?”

“不，”我握住她的双手说，“可是我想让你再睡一会儿，时间还早着呢。”

“你几点钟到巴黎去?”

“四点钟。”

“这么早? 在去巴黎之前你一直陪着我是吗?”

“当然啰，我不是一直这样的吗?”

“多幸福啊!”

“我们去吃午饭好吗?”她心不在焉地接着说。

“如果你愿意的话。”

“一直到你离开，你都搂着我好吗?”

“好的，而且我尽量早些回来。”

“你还回来吗?”她用一种惶恐的眼神望着我说。

“当然啦。”

“是的，今天晚上你要回来的，我像平时一样等着你，你依然爱我，我们还是像我们认识以来一样的幸福。”这些话说得吞吞吐吐，断断续续，她似乎心里还有什么难言之隐，以致我一直在担心玛格丽特会不会发疯。

“听我说，”我对她说，“你病了，我不能这样扔下你，我写信给我父亲要他别等我了。”

“不，不，”她突然嚷了起来，“不要这样，你父亲会怪我的，在他要见你的时候，我不让你到他那儿去；不，不，你一定得去，必须去，再说我也没有病，我身体很好，我不过是做了一个噩梦，我神志还没有完全清醒过来呢!”

从这时起，玛格丽特强颜欢笑，她不再哭了。

时间到了，我一定要走了，我吻了她，问她是否愿意陪我到车站去，我想散散步可以使她心里宽慰一些；换换空气会使她舒服一些。

我特别想跟她一起多待一会儿。

她同意了，披上一件大衣，和纳尼娜一起陪我去，省得回家时孤身一人。

我有多少次差不多都决定不走了，可那种快去快来的想法和那种怕引起我父亲对我不满的顾虑支持着我。我总算乘上火车走了。

“晚上见。”在分手的时候我对玛格丽特说。

她没有回答我。

对这句话不做回答，她以前也有过一次。而那一次，您还记得吧，G伯爵就在她家里过的夜；但那已经是很遥远的事情，我似乎一点印象也没有了。如果说我害怕发生什么事的话，肯定也不会再是玛格丽特欺骗我这样的事了。

到了巴黎，我直奔普律当丝家，请她去看看玛格丽特，希望她热情和快活的脾气能给玛格丽特解解闷。

我没经通报就闯了进去，普律当丝正在梳妆间里。

“啊!”她不安地对我说，“玛格丽特跟您一起来的吗?”

“没有。”

“她身体好吗?”

“她有些不舒服。”

“那么她今天不来了吗?”

“她肯定得来吗?”

迪韦尔诺瓦太太脸红了，她稍许有些尴尬地回答我说：“我是想说，既然您到巴黎来了，难道她就不来这儿和您见面了?”

“她不来了。”

我瞧着普律当丝，她垂下眼睛，从她的神色上可以看出她好像怕我赖着不走。

“我就是来请您去陪她的，亲爱的普律当丝，要是您没有什么事，请您今晚去看看玛格丽特，您去陪陪她，您可以睡在那里。她今天这个样子我从没见过，我真怕她要病倒了。”

“今天晚上我要在城里吃晚饭，”普律当丝回答我说，“不能去看玛格丽特了，不过我明天可以去看她。”

我向迪韦尔诺瓦太太告辞，她好像跟玛格丽特一样心事重重；我到了父亲那儿，他第一眼就把我仔细打量了一番。

他向我伸出手来。

“你两次来看我使我很高兴，阿尔芒，”他对我说，“这就使我有了希望，你或许像我为你一样也为我考虑过了。”

“我可否冒昧地请问您，爸爸，您考虑的结果是什么？”

“结果是，我的孩子，我过于夸大了传闻的严重性，我答应对你宽容一些。”

“您说什么？爸爸！”我快乐地嚷着。

“我说，亲爱的孩子，每个年轻人都得有个情妇，而且根据我新近知道的情况，我宁愿你的情妇是戈蒂埃小姐而不是别人。”

“我多好的父亲！您使我多么快乐！”

我们就这样谈了一会儿，随后一起吃了饭。整个晚餐期间我父亲都显得十分亲切。

我急于要回布吉瓦尔去把这个可喜的转变告诉玛格丽特。我一直望着墙上的时钟。

“你在看时间，”我父亲对我说，“你急于想离开我。呵，年轻人啊！你们总是这样，牺牲真诚的感情去换取靠不住的爱情。”

“别这样说，爸爸！玛格丽特爱我，这是我坚信不疑的。”

我父亲没有回答，他看上去既不怀疑，也不相信。

他一直坚持要我跟他一起度过那个夜晚，让我第二天再走。但是我扔下的玛格丽特在生病，我把这个对他说了，接着我恳求他同意我早些回去看她，并答应他第二天再来。

天气很好，他要一直陪我到站台，我从来没有这样快活过，我长时间以来所追求的未来生活终于来到了。

我从来也没有这样爱过我的父亲。

在我就要动身的时候，他最后又一次要我留下来，我拒绝了。

“那么你很爱她吗?”他问我。

“爱得发疯!”

“那么去吧!”他用手拂了一下前额，如同要驱走一个什么念头似的，随后他张开嘴巴就像要跟我讲什么事，但是他还是只握了握我的手，突然地离开了我，随即对我大声说道：“好吧，明天见!”

二十二

我感觉火车慢得就跟一动不动似的。

我到了布吉瓦尔已经十一点了。

我到了那座房子那儿，发现那里一片漆黑，窗户里透不出一丁点儿光，拉门铃也没人应答。我还是第一次碰到这样的事。终于在等到园丁出来后我才走了进去。

纳尼娜给我打着灯，借着灯光我走进了玛格丽特的卧室。

“太太呢?”

“太太去巴黎了。”纳尼娜回答我说。

“去巴黎了吗?”

“是的，先生。”

“什么时候去的?”

“您走后一个小时。”

“她有给我留下什么东西吗?”

“没有。”

纳尼娜走了。

“她可能有些顾虑，”我想，“可能是到巴黎去验证我对她说的话究竟是不是借口，我曾对她说我要去看我的父亲，为的是得到一天自由。要么就是普律当丝写信告诉她一些重要的事情，”当屋子里只有我一个人在那的时候我想，“可是我和普律当丝在巴黎见面时她的话里根本听不出有给玛格丽特写过信的意思。”

猛然间，我回忆起当我告诉迪韦尔诺瓦太太玛格丽特身体不舒服时，她问了我一句：“意思是今天她不能来了啊?”这句话好像告诉我她们有约会，而且她说完这句话时我看她的表情很不自在有些尴尬。我要没记错的话，玛格丽特那些日子整天眼泪汪汪的，直到我父亲后来周到地接待我，我才忘了这些事。

想到这儿，这一天发生的全部事情都在围绕着我的第一个怀疑打转，这使我对这件事情越来越怀疑了。这一切的一切，一直到父亲对我的慈祥态度都证实了我的猜疑。

我几乎是被玛格丽特逼到巴黎去的，我一提要留在她身边，她就假装平静下来。难道我落入她设的圈套里了？是玛格丽特欺骗了我吗？她是否原本准备及时回来，好不让我知道她曾经离开过这里，可究竟是什么意料之外的事情拖住了她呢？她为何跟纳尼娜什么都没有说，也没有写几个字给我？这些眼泪，以及她的出走，还有这些神秘莫测的事到底是怎么一回事呢?

房子里空荡荡的，我心情忐忑地思考着上面的这些问题。我的目光一直停留在墙上的那个时钟上，现在已经半夜了，似乎在告诉我，要想再见到我的情妇回来，似乎已经太晚了。

然而，前不久我们还安排了今后的生活，我接受了她所做出的牺牲。难道她真的是在欺骗我吗？很可能。我努力不让自己陷入我刚才的那些假想中去。

或许这个可怜的姑娘替她的家具找到了一个买主，她到巴黎商谈去了。她并不想让我知道这件事情，因为她心里明白，尽管对于我们今后的幸福生活这次拍卖事关重大，并且我已经同意了，可是这对于我而言还是尴尬得很呢。她担心跟我谈论这件事的时候会损伤到我的自尊心，使我的情感受到创伤。她宁可所有的事情都办妥当了再跟我见面。非常显然，普律当丝在等她就是为了这件事情，而且在我面前暴露了真相。玛格丽特今天大概还不能办完这次交易，她睡在普律当丝家里，也许她一会儿就要回来了，因为她应该想到我在担忧，肯定不会把我就这样丢在这里的。

但是她为什么要落泪呢？无疑是不管她怎样爱我，这个可怜的姑娘要放弃这种奢侈生活，到底还是不舍的。她已经过惯了这种生活，并且觉得很幸福，别人也很羡慕她。

我非常体谅玛格丽特这种恋恋不舍的心情。我焦急地等着她回来，我要好好地亲亲她，并对她说，她神秘出走的原因我已经知道了。

然而，夜深了，玛格丽特仍然没有回来。

我越来越感到焦躁不安，心里紧张得很。她是不是出了什么事！她会不会受伤了，病了，死了！也许我马上就要看见一个信差来通知我什么噩耗，也许一直到天亮，我仍将陷在这同样的疑惑和忧虑之中。

玛格丽特的出走让我惊慌失措，我提心吊胆地等着她，她是否会欺骗我呢？这种想法我一直没再有过。一定是有一种她做不了主的原因把她拖住了，使她不能到我这里来。我越是想，越是相信这个原因只能是某种灾难。啊，人类的虚荣心呵！你的表现形式真是各种各样啊！一点钟刚刚敲过，我心里想我再等她一个小时，倘若到了两点钟玛格丽特还不回来，我就动身到巴黎去。

在等待的时候，我找了一本书看，因为我不敢多想。

《玛侬·莱斯科》翻开在桌子上，我觉得书页上有好些地方似乎被泪水沾湿了。在翻看了一会儿以后，我把书又合上了。

因为我疑虑重重，书上的字母对我来说似乎没有任何意义。

随着时间慢慢流逝，天空布满了乌云，一阵秋雨抽打着玻璃窗，有时空荡荡的床铺看上去犹如一座坟墓，我害怕起来了。

我打开门，侧耳静听，除了树林里簌簌的风声以外什么也听不见。路上车辆绝迹，教堂的钟凄凉地在敲半点钟。

我倒反而怕有人来了，我觉得在这种时刻，在这种阴沉的天气，如果有什么事情来找我的话，也绝不会是好事。

两点钟敲过了，我稍等了一会儿，唯有那墙上时钟的单调的滴答声打破寂静的气氛。

最后我离开了这个房间，由于内心的孤独和不安，在我看来这个房间里连最小的物件也都蒙上了一层愁云。

在隔壁房间里我看到纳尼娜扑在她的活计上面睡着了。听到门响的声音，她惊醒了，问我是不是她的女主人回来了。

"不是的，不过如果她回来，您就对她说我实在放心不下，到巴黎去了。"

"现在去吗?"

"是的。"

"可怎么去呢，车子也叫不到了。"

"我走着去。"

"可是天下着雨哪!"

"那有什么关系?"

"太太要回来的，再说就算她不回来，等天亮以后再去看她是让什么事拖住了也不迟啊，您这样在路上走会被人谋害的。"

"我亲爱的纳尼娜，没有危险的，明天见。"

这位厚道的姑娘把我的大衣找来，披在我肩上，劝我去叫醒阿尔努大娘，向她打听可否找到一辆车子；但是我不让她去叫她，确信这是白费力气，而且这样一折腾所费的时间比我赶一半路的时间还要长。

再说我正需要新鲜的空气和肉体上的疲劳。这种肉体上的劳累可以舒缓一下我现在过度紧张的心情。

我拿了昂坦街上那所房子的钥匙，纳尼娜一直陪我到铁栅栏门口，跟她告别后我就走了。

开始我是在跑步，因为地上刚被雨淋湿，泥泞难行，我觉得格外疲劳。这样跑了半个小时后，我浑身都湿透了，我停了下来。我歇了一会儿又继续赶路，夜黑得伸手不见五指，我时时刻刻都怕撞到路旁的树上去，这些树突然之间出现在我眼前，活像一些向我直奔而来的高大的魔鬼。

我碰到一两辆货车，很快我就把它们甩到后面去了。

一辆四轮马车向布吉瓦尔方向奔驰而来，在它经过我面前的时候，我心头突然出现一个希望：玛格丽特就在这辆马车上。

我停下来叫道："玛格丽特！玛格丽特！"

可没有人应我，马车继续赶它的路，我望着它慢慢远去，我又接着往前走。

我走了两个小时，到了星形广场①的栅栏门。看到巴黎我又有了力量，我沿着那条走过无数次的长长的坡道跑了下去。

那天晚上路上连个行人也没有。

我如同在一个死去的城市里奔行。

天色逐渐亮了。

在我到达昂坦街的时候，这座大城市已经在蠕蠕而动，将要苏醒了。

当我走进玛格丽特家里时，圣罗克教堂的大钟正敲五点。

我把我的名字告诉了看门人，他以前拿过我好些每枚值二十法郎的金币，知道我有权在清晨五点钟到戈蒂埃小姐的家中去。

所以我顺利地进去了。

我原来可以问他玛格丽特是不是在家，但是他很可能给我一个否定的答复，而我宁愿多猜疑上几分钟，因为在猜疑的时候总还是存在一线希望。

我把耳朵贴在门上，想听出一点声音，听出一点动静来。

什么声音也没有，静得似乎跟在乡下一样。

我开门走了进去。

所有的窗帘都掩得严严实实的。

---

① 凯旋门四周的广场。

我把餐室的窗帘拉开，向卧室走去，推开卧室的门。我来到窗帘绳跟前，使劲一拉。

窗帘拉开了，一抹淡淡的日光射了进来，我冲向卧床。

床是空的！

我把门一扇一扇地打开，察看了所有的房间。

一个人也没有。

我简直要发疯了。

我走进梳妆间，推开窗户连声呼唤普律当丝。

迪韦尔诺瓦太太的窗户一直关闭着。

于是我下楼去问看门人，我问他戈蒂埃小姐白天有没有来过。

“来过的，”这个人回答我说，“跟迪韦尔诺瓦太太一起来的。”

“她有没有留话给我？”

“没有。”

“您知道她们后来干什么去了？”

“她们又乘马车走了。”

“什么样子的马车。”

“一辆私人四轮轿式马车。”

这一切究竟是怎么回事呢？

我拉了拉隔壁房子的门铃。

“您找哪一家，先生？”看门人把门打开后问我。

“到迪韦尔诺瓦太太家里去。”

“她还没有回来。”

“您可以肯定吗？”

“能，先生，这里还有她一封信，是昨天晚上送来的，我还没有交给她呢。”

看门人把一封信拿给我看，我呆滞地向那封信瞥了一眼。

我认出了这是玛格丽特的笔迹。

我拿过信来。

信封上写着：

烦请迪韦尔诺瓦夫人转交迪瓦尔先生。

我对看门人说："这封信是给我的。"我把信封上的字指给他看。

"您就是迪瓦尔先生吗？"这个人问我。

"是的。"

"啊！我认识您，您经常到迪韦尔诺瓦太太家来的。"

一到街上，我就打开了这封信。

就算在我脚下响起了一个霹雷也不会比读到这封信更使我觉得惊恐的了。

在您读到这封信的时候，阿尔芒，我已经是别人的情妇了，我们之间一切都结束了。

回到您父亲身边去，我的朋友，再去看看您的妹妹，她是一个纯洁的姑娘，她不懂得我们这些人的苦难。在您妹妹的身旁，您很快就会忘记那个被叫作玛格丽特·戈蒂埃的堕落的姑娘让您受到的痛苦。她曾经一度享受过您的爱情，这个姑娘一生中仅有的幸福时刻就是您给她的，她现在希望她的生命早点结束。

当我念到最后一句话时，我觉得我快要神经错乱了。

有一会儿我真怕要倒在街上了。我眼前一片云雾，热血在我太阳穴里突突地跳动。

后来我稍许清醒了一些，我环视着四周，看到别人并不关心我的不幸，他们还是照常生活，我真奇怪透了。

我一个人可承受不了玛格丽特给我的打击。

于是我想到了我父亲正与我在同一个城市，十分钟后我就可以到他身边了，并且他会分担我的痛苦，不管这种痛苦是什么原因造成的。

我像个疯子、像个小偷似的奔跑着，一直跑到巴黎旅馆，看见我父亲的房门上插着钥匙，我开门走了进去。

他在看书。

看到我出现在他面前，他并不怎么奇怪，好像正在等着我似的。

我一句话也不说就倒在他怀抱里，我把玛格丽特的信递给他，任自己跌倒在他的床前，我热泪纵横地放声大哭起来。

二十三

当生活中的一切重新步入正轨时，我无法相信，新的一天对我而言，与过去的日子有什么不同。有好几回我总以为发生什么事情我没记起来，以至于没能在玛格丽特家里过夜，而如果我回到布吉瓦尔的话，就会看见她像我一样焦急地等待我，她会问我，是谁留住了我，让她望眼欲穿。

如果已经习惯爱情成为生活中的一部分，要想不损害生活中的其他部分的联系而改变这种习惯是肯定不可能的。

所以我不得不让自己沉醉在玛格丽特以前给我写的信中，这样才能让自己觉得以前那些都不是梦。

因为这些事情深深地刺激了我的精神，使我的身体完全垮了。焦虑的心情，一夜的奔波，清晨传来的消息，所有这一切都让我感到无比的疲惫。我的父亲要我明确地答复他是否和他一起离开巴黎，趁我现在还有一丝力气的时候。

我完全同意了父亲的要求，因为我已经没有力气来为此事进行一场争辩，在刚刚经历了这么多事情之后，我要想活下去只有一种诚挚的感情才能帮助我。

我的父亲非常愿意来医治我所受的创伤，而这恰恰让我觉得无比的幸福。

我最近的记忆就是那天五点钟左右，我们一起登上了一辆驿车。他吩咐下人给我准备好了行李，并且和他的捆在一块放在车子后边，他就这样带走了我。当时他一句话也没有说。

我内心非常惆怅，仿佛丢掉了什么似的。当城市逐渐在马车后面消失的时候，旅途的寂寞使我心中的空虚又翻腾了起来。

这时我的泪水无法自控地流了出来。

我父亲明白一切的话语也不能使我好受些，哪怕是他说的，所以他只是默不作声，放任我去哭。只是有时候紧紧地握一下我的手安慰我一下，让我觉得有一个朋友一直在陪着我。

到了晚上我在梦里梦到了玛格丽特，可能就那么一小会儿。

我突然醒了，不明白我为什么会在马车里。

然后我又明白了我现实的处境，我的头无奈地耷拉在胸前。

我没有勇气和父亲交谈，总是担心他对我说：“我一直不相信这个女人的爱情，看来我说对了。”

不过他倒是没有得理不饶人，就这样我们来到了C城，路途中他只和我讲了一些与这次离开巴黎没有任何关系的话，没有说到别的事情。

当我抱着亲吻我的妹妹时，我又想起玛格丽特在信中提到她的那些话。这使我懂得了不论我的妹妹有多好，也不能让我忘掉我心爱的玛格丽特。

到了狩猎的季节了，我父亲觉得这是一个能让我解闷放松的好机会，所以他和一些邻居朋友们组织了几次狩猎活动，就这样我也加入了他们。我既不讨厌也不喜欢，一副无所谓的样子，自从我离开巴黎来到这之后，我的每一个举动都是无精打采的。

我们进行了围猎，他们让我守在自己的位置上，可我却把卸掉子弹的猎枪放在旁边陷入了沉思。

我望着天上掠过的浮云，放任我的思想在寂寥的荒原上奔跑。我偶尔能够听到有猎人在喊我并告诉我十步之外有一只野兔。

我身上发生的所有细节并没能逃出父亲的眼睛，我内心的波动没能被平静的外表蒙骗过去。他确实知道我的心灵遭到了多大的打击，有一个可怕甚至是危险的反作用总有一天会表现出来，他虽然尽量假装不是在安慰我，却又尽最大努力帮我排解烦闷和苦恼。

我妹妹当然不知道其中奥秘，但是她弄不懂为什么我这个一向心情愉快开朗的人突然一下子会变得如此郁郁寡欢，心事重重。

有时候我正在黯然神伤，突然发现我父亲在忧心忡忡地瞅着我，我伸手过去握了握他的手，似乎在默默无言地要求他原谅我给他带来的痛苦。

就这样过去了一个月，但我已经没办法再忍受下去了。

玛格丽特的形象一直萦回在我的脑际，我过去和现在都深深地爱着这个女人，根本不可能一下子就把她丢在脑后，我要么爱她，要么就恨她，无论是爱她还是恨她，我必须再见到她，而且要立刻见到她。

我心里一有了这个念头就牢牢地生了根，这种顽强的意志在我久无生气的躯体里面又重新出现了。

这并不是说我想在将来、在一个月以后或者在一个星期以后再看到玛格丽特，而是在我有了这个念头的第二天我就要看到她；我跟父亲讲我要离开他，有些事情我要去巴黎处理，不过我很快就会回来的。

他肯定猜到了我要去巴黎的原因，因为他坚持不让我走；但是看到我当时满腔怒火，如果实现不了这个愿望可能会产生灾难性的后果。他吻了吻我，几乎流着眼泪要求我尽快地回到他的身边。

在到达巴黎之前，我完全没有睡过觉。

巴黎到了，我要干些什么呢？我不知道，第一当然是要看看玛格丽特怎么样了。

我到家里换好衣服，因为那天天气很好，时间还赶得上，我就到了香榭丽舍大街。

半个小时之后，我远远地看到了玛格丽特的车子从圆形广场向协和广场驶来。

她的马匹已经赎回来了，车子还是老样子，不过车上却没有她。

一看到她不在马车里，我就向四周扫了一眼，看到玛格丽特正由一个我过去从没见过的女人陪着徒步走来。

在经过我身旁的时候，她脸色发白，嘴唇抽了一下，呈现出一种痉挛性的微笑。而我呢，我的心猛烈地跳动，冲击着我的胸膛，但是我总算还保持了冷静的脸色，冷漠地向我过去的情妇弯了弯腰，她几乎立即就向马车走去，和她的女朋友一起坐了上去。

我了解玛格丽特，这次相遇一定使她惊慌失措。她一定知道我已经离开了巴黎，因此她对我们关系破裂之后会发生些什么后果放下了心。但是她看到我重新回来，而且劈面相逢，我脸色又是那么苍白，她一定知道我这次回来是有意图的，她肯定在猜想以后会发生些什么事情。

要是我看到玛格丽特日子不怎么好过，要是我可以给她一些帮助来满足我的报复心理，我也许会原谅她，一定不会再想跟她过不去。但是我看到她很幸福，起码表面上看来是这样，别人已经取代了我供应她那种我不能继续供应的奢侈生活。我们之间关系的破裂是她一手造成的，因此带有卑鄙的性质，我的自尊心和我的爱情都受到了侮辱，她必须为我受到的痛苦付出代价。

我只能对这个女人的所作所为淡然处之；而最能使她感到痛苦的，也许莫过于我的无动于衷；不但在她眼前，而且在其他人眼前，我都必须装得若无其事。

我试着装出一副笑脸，跑到了普律当丝家里。

她的女佣进去转达我来了，并要我在客厅里稍候片刻。

迪韦尔诺瓦太太终于出现了，把我带到她的小会客室里；当我坐下的时候，只听到客厅里开门的声音，地板上响起了一阵轻微的脚步声，随后楼梯平台的门重重地关上了。

“我打扰您了吗?”我问普律当丝。

“没有的事，玛格丽特刚才在这儿，她一听到通报是您来了，她就逃了，刚才出去的就是她。”

“这么说，现在她怕我了?”

“不是的，她是怕您见到她会觉得讨厌。”

“那又是为什么呢?”我紧张得透不过气来。我竭力使呼吸自然一些，接着又心不在焉地说，“这个可怜的姑娘为了重新得到她的车子、她的家具和她的钻石而离开了我，她这样做很对，我不应该责怪她，今天我已经看到过她了。”

“在哪里?”普律当丝说，她打量着我，好像在揣摩我这个人是不是就是她过去认识的那个多情种子。

“在香榭丽舍大街，她跟另外一个非常漂亮的女人在一起。那个女人是谁啊?”

“什么样子的?”

“一头鬈曲的金黄色头发，身材苗条，蔚蓝色的眼睛，长得十分漂亮。”

“啊，这是奥林普，确实是一个非常漂亮的姑娘。”

“她现在有主吗?”

“没有准主儿。”

“她住在哪里?”

“特隆歇街……号，啊，原来是这样，您想打她的主意吗?”

“将来的事谁也不知道。”

“那么玛格丽特呢?”

“要说我一点也不想念她，那是说谎。但是我这个人非常讲求分手的方式，玛格丽特那么随随便便地就把我打发了，这让我觉得我过去对她那么多情是太傻了，因为我以前确实非常爱这个姑娘。”

您猜得出我是用什么样的腔调来说这些话的，我的额上沁出了汗珠。

“她是非常爱您的，哎，她一直是爱您的。她今天遇到您以后马上就来告诉我，这就是证据。她来的时候浑身发抖，跟在生病一样。”

“那么她对您说什么了?”

“她对我说，‘他一定会来看您的。’她托我转达，请您原谅她。”

“您可以对她这样说，我已经原谅她了。她是一个好心肠的妓女，但只不过是一个妓女；她这样对待我，我本来是早该料想到的，我甚至还感谢她有这样的决心。因为今天我还在自问我那种要跟她永不分离的想法会有什么结果。那时候的我简直荒唐。”

“如果她知道您已和她一样认为一定要这么做，她一定会非常高兴的。亲爱的，她当时离开您正是时候。她曾经提过要把她的家具卖给他的那个混蛋经纪人，已经找到了她的债主，问他们玛格丽特到底欠了他们多少钱；这些人害怕了，准备过两天就进行拍卖。”

“那么现在呢，都还清了吗?”

“差不多还清了。”

“是谁出的钱?”

“N伯爵，啊！我亲爱的！有些男人是专门干这事儿的。一句话，他给了两万法郎；但他也终于达到目的了。他很清楚玛格丽特并不爱他，他却并不因此而亏欠她。您已经看到了，他把她的马买了回来，把她的首饰也赎回来了，他给她的钱跟公爵给她的一样多；如果她想安安静静地过日子，这个人倒不是朝三暮四的。”

“她在干些什么呢？她一直住在巴黎吗?”

“自从您走了以后，她无论如何也不愿意回布吉瓦尔。所有她那些东西还是我到那儿去收拾的，甚至还有您的东西，我把它们另外包了一个小包，回头您可以叫人到这儿来取，您的东西全在里面，除了一只小皮夹子，上面有您名字的起首字母。玛格丽特要它，把它拿走了，现在在她家里，假如您一定要的话，我再去向她要回来。”

“让她留着吧。”我讷讷地说，因为再想到这个我曾经如此幸福地待过的村子，想到玛格丽特一定要留下一件我的东西做纪念，我不禁感到一阵心酸，眼泪直往外冒。

要是她在这个时候进来的话，我可能会跪倒在她脚下的。

我那复仇的决心也许会烟消云散。

“另外，”普律当丝又说，“我从来也没有看到她像现在这副模样，她差不多不再睡觉了，她到处去跳舞、吃夜宵，有时候甚至还喝得酩酊大醉的。最近一次夜宵后，她在床上躺了一个星期，医生刚准许她起床，她又不要命地重新开始这样的生活，您想去看看她吗?”

“有什么必要呢？我是来看您的，您，因为您对我一直很亲切，我认识您比认识玛格丽特早。多亏有您，我才做了她的情人；也就是亏了您，我才不再做她的情人了，是不是这样?”

“啊，天哪，我尽力让她离开您，我想您将来就不会怪我了。”

“这样我得加倍感激您了,” 我站起来又接着说, “因为我讨厌这个女人, 她把我对她说的话太当真了。”

“您要走了吗?”

“是的。”

我已经了解很多了。

“什么时候再能见到您?”

“不久就会见面的, 再见。”

“再见。”

普律当丝一直把我送到门口, 我回到家里, 眼里含着愤怒的泪水, 胸中怀着复仇的渴望。

这样说来玛格丽特真的像别的姑娘一样啦; 她过去对我的真挚爱情还是敌不过她对昔日那种生活的欲望, 敌不过对车马和欢宴的需要。

晚上我睡不着, 我就这么想着。如果我的冷静可以装得出来, 平心静气地想一想, 我或许会在玛格丽特这种新的火热的生活方式里看出她在希望以此来摆脱一个纠缠不休的念头, 消除一个无法磨灭的回忆。

不幸的是那股邪恶的激情一直纠缠着我, 我一门心思想找一个折磨这个可怜的女人的方法。

喔! 男人在他那局促的欲望受到伤害时, 变得有多么渺小和卑鄙啊!

我见到过的那个跟玛格丽特在一起的奥林普, 如果不是玛格丽特的女朋友的话, 起码也是她回到巴黎以后来往最密切的人。奥林普正要举行一次舞会, 我猜到玛格丽特也会去参加, 我就设法去弄到了一张请帖。

当我怀着痛苦的心情来到舞会时, 舞会上已非常热闹了。大家跳着舞, 居然还大声叫喊。在一次四组舞里, 我看见玛格丽特在跟 N 伯爵跳舞, N 伯爵对自己能炫耀这样一位舞伴显得很神气, 他犹如在跟大家说: “这个女人是我的。”

我背靠在壁炉上, 正好面对着玛格丽特, 我看着她跳舞。她一看见我就不知所措, 我看看她, 随意地用手和眼睛向她打了个招呼。

当我想到在舞会结束之后, 陪她走的不再是我而是这个有钱的笨蛋时；当我想到在他们回到她家里以后可能要发生的事情时，血涌上了我的头，我要破坏他们的爱情。

女主人美丽的肩膀和半裸着的迷人的胸脯展现在全体宾客的面前，在四组舞以后，我走过去向她致意。

这个姑娘很美，从身材来看比玛格丽特更美些。当我跟奥林普讲话的时候，从玛格丽特向她投过来的那些眼光更令我明白了这一点。一个男人做了这个女人的情人就可以和 N 先生感到一样的骄傲，而且她的姿色也足以引起玛格丽特过去在我身上引起过的同样的情欲。

她这时候没有情人。要做她的情人并不难，只要有钱摆阔，引她注意就行了。

我下决心要让这个女人成为我的情妇。

我一边和奥林普跳舞，一边开始扮演起追求者的角色。

半个小时以后，玛格丽特脸色苍白得像死人一样，她穿上皮大衣，离开了舞会。

二十四

这已经够她受的了，但是还不够。我知道我有控制这个女人的力量，而且我卑鄙无耻地滥用了这种力量。

现在我想到她已经离开人世了，我问上帝是否能原谅我曾经带给她那么多的苦楚。

夜宵时非常热闹，夜宵过后开始赌钱。

我坐在奥林普旁边，下赌注的时候非常大胆，成功引起了她的注意。不一会儿，一两百个路易就轻轻松松地到了我的手中，我将这些钱平铺在面前，引来了她贪婪的目光。

只有我对赌博三心二意，因为我一直在观察她。整个晚上我赢了不少钱，这些钱我都拿来让她去赌，因为她已经输光了她面前的钱，或许也已经输光了她家里的钱。

大家散去的时候已经清晨五点钟了。

我总共赢了三百个路易。

赌客们都下楼了，他们谁也没有觉察到只有我独自留在后边，因为我和那些客人都不是朋友。

奥林普亲自在楼梯上照亮，正在我要跟大家一样下楼的时候，我转过身朝她走去，对她说："我想和您谈谈。"

"明天吧。"她说。

"不，就现在。"

"您要跟我谈什么呢?"

"您马上就会知道的。"

我又回到了房间里。

"您输了。"我对她说。

"是的。"

"您把家里的钱全都输没了吧。"

她迟疑了半天没有回答。

"说实话吧。"

"的确，真是这样。"

"我赢了三百路易，全都在这里，您要是愿意我留下来的话。"

同时我把金币全扔在桌子上。

"您为什么要提出这种要求?"

"老天！那是因为我爱您呀。"

"不是这样的，您爱的是玛格丽特，您是用做我的情人这种方式来报复她。您是骗不了我这样的女人的。但遗憾得很，我太年轻，太漂亮了，我不适合接受您要我扮演的角色。”

“意思是，您拒绝了？”

“是的。”

“难道您宁可白白地爱我吗？那我是不会接受的。您想，亲爱的奥林普，我原本可以派一个人带着三百路易来代我送给您并顺便带着我的条件。也许这样您会接受的。但是我还是愿意和您当面谈。接受吧，无论我为什么这样做；您说您长得漂亮，那么我爱上您还有什么奇怪的呢。”

玛格丽特和奥林普一样也是个妓女，可是初次看到她的时候绝对不敢说刚才对奥林普说的那些话。这说明我爱着玛格丽特，这也说明在玛格丽特身上我发现了一些这个女人身上所没有的东西。甚至就在我跟她谈这笔生意的时候，虽然她长得很娇媚，我还是讨厌极了这个和我谈生意的女人。

事实上毫无疑问，当然啦，她最后仍是答应了。等到中午，我从她的家里走出来的时候我已经是她的情人了。看在我给她的六千法郎的分上，她觉得有必要和我好好地说些情话，亲热一下；可是只要我一从她的床上离开，这一切便都被我丢到脑后去了。

但是为了她而倾家荡产的人也大有人在。

从这一天起，我时时刻刻都在虐待玛格丽特。奥林普和她不再见面了，原因您也可想而知。我送了一辆马车和一些首饰给我新交的情妇。我赌钱，最后我就像一个爱上了奥林普这样一个女人的男人一样做了各种各样的荒唐事，我又有了新欢的消息很快就传开了。

普律当丝也上了当，她终于也相信我已经彻底忘记了玛格丽特。对玛格丽特来说，要么她已经猜到了我这样做的动机，要么她和别人一样受骗了。她怀着高度的自尊心来对付我每天给她的侮辱。不过她看上去很痛苦，因为不论我在哪里遇到她，我看到她的脸色总是一次比一次苍白，一次比一次忧伤。我对她的爱情过于强烈以致变成了怨恨，看到她每天都这样痛苦，我心里十分舒服。有几次在我卑鄙残酷地折磨她时，玛格丽特用她苦苦哀求的眼光望着我，以致我对自己扮演的那种角色感到脸红，我几乎要求她原谅我了。

但是这种内疚的心情转瞬即逝，而奥林普最后把自尊心全都撇在一边，她知道只要折磨玛格丽特就可以从我这里得到她需要的一切。她不断地教唆我和玛格丽特为难，一有机会她就侮辱玛格丽特，像一个后面有男人撑腰的女人一样，她的手段总是非常卑鄙的。

最终玛格丽特只好不再去参加舞会，也不去戏院看戏了，她害怕在那些地方遇到奥林普和我。这时候写匿名信就代替了当面挑衅，只要是见不得人的事，都推到玛格丽特的身上；让我情妇去散布，我自己也去散布。

只有疯子才会做出这些事情来，那时候我精神亢奋，就像一个灌饱了劣酒的醉汉一样，很可能手里在犯罪，脑袋里还没有意识到。在干这一切事情的时候，我心里是相当痛苦的。面对我的这些挑衅，玛格丽特的态度是安详而不轻蔑，尊严而不鄙视，这使我觉得她比我高尚，也让我更加生她的气。

一天晚上，不知道奥林普在哪里碰到了玛格丽特，这一次玛格丽特没有放过这个侮辱她的蠢姑娘，一直到奥林普不得不让步才罢休。奥林普回来时怒气冲冲，玛格丽特则在昏厥中被抬了回去。

奥林普回来以后，对我倾诉了刚才发生的事情，她对我说，玛格丽特看到她只有一个人就想报仇，因为她做了我的情妇。奥林普要我写信告诉她，今后无论我在不在场，她都应该尊敬我所爱的女人。

不用多说，我同意这样做了。我把所有我能找到的挖苦的、羞辱的和残忍的话一股脑儿全写在这封信里面，这封信我当天就寄到了她的家里。

这次打击太厉害了，这个不幸的女人不能再默默地忍受了。

我猜想一定会收到回信的，因此我决定整天不出门。

两点钟光景有人拉铃，我看到普律当丝进来了。

我试着装出一副若无其事的模样问她来找我有什么事。这天迪韦尔诺瓦太太一丝笑容都没有，她用一种严肃而激动的声调对我说，自从我回到巴黎之后，也就是说差不多三个星期以来，折磨玛格丽特我没有错过一次机会，因此她生病了。昨天晚上那场风波和今天早晨我那封信使她躺倒在床上。

总之，玛格丽特并没有责怪我，而是托人向我求情，说她精神上和肉体上再也忍受不了我对她的所作所为。

“戈蒂埃小姐把我从她家里赶走，”我对普律当丝说，“那是她的权利，但是她要侮辱一个我所爱的女人，还借口说这个女人是我的情妇，这我是肯定无法答应的。”

“我的朋友，”普律当丝对我说，“您受了一个既无头脑又无心肝的姑娘的影响了；您爱她，这是真的，但这不能成为可以欺凌一个不能自卫的女人的理由呀！”

“让戈蒂埃小姐把她的N伯爵给我打发走，我就算了。”

“您很清楚她是不会这样干的。所以，亲爱的阿尔芒，您让她安静点吧。要是您看到她，您会因为您对待她的方式感到愧疚。她脸色苍白，她咳嗽，她的日子不长了。”

普律当丝伸手给我，又加了一句：

“来看看她吧，您来看她，她会非常高兴的。”

“我不愿碰到N先生。”

“N先生决不会在她家里，她受不了他。”

“倘若玛格丽特一定要见我，她知道我住在哪儿，让她来好啦，我是不会再到昂坦街去了。”

“那您会好好招待她吗？”

“一定款待周到。”

“好吧，我可以肯定她会来的。”

“让她来吧。”

“今天您出去吗？”

“整个晚上我都在家。”

“我去对她说。”

普律当丝走了。

我甚至没有给奥林普写信，跟她说我不去她那里了，对这个姑娘我是马马虎虎的。一星期我难得和她过上一夜。我相信她会从大街上随便哪一家戏院的男演员那儿得到安慰的。

我吃晚饭时出去了一下，几乎立刻就赶了回来。我吩咐把所有的炉子都点上火，还把约瑟夫打发走了。

我无法把我等待着的那一个小时里的所有想法告诉您，我心情太激动了。当我在九点左右听到门铃声的时候，我百感交集，心乱如麻，以致去开门的时候，必须扶着墙壁以防跌倒。

幸亏会客室里光线暗淡，不容易看出我那变得很难看的脸色。

玛格丽特进来了。

她穿了一身黑衣服，还蒙着面纱，我差点认不出她在面纱下的脸容。

她走进客厅，揭开了面纱。

她的脸像大理石一样惨白。

“我来了，阿尔芒，”她说，“您希望我来，我就来了。”

随后，她低下头，双手捂着脸痛哭起来。

我向她走去。

“您怎么啦?”我对她说，我的声音都变了。

她紧紧握住我的手，不回答我的话，因为她已经泣不成声。过了一会儿，她平静了一些，就对我说：“您害得我好苦，阿尔芒，而我却没有什么对不起您。”

“没有什么对不起我吗?”我带着苦笑争辩说。

“除了环境逼得我必须做的以外，我什么也没有做。”

我看到玛格丽特时心里所产生的感觉，不知道在您的一生中是否感受过，或者在将来是否会感受到。

上次她到我家里来的时候，她就是坐在她刚坐下的地方。只不过从此之后，她已成为别人的情妇；她的嘴唇不是被我，而是被别人吻过了，但我还是不由自主地把嘴唇凑了上去。我觉得我还是和以前一样爱着这个女人，可能比以前爱得还要热烈些。

然而我很难开口谈为什么叫她到这里来的理由，玛格丽特大概了解了我的意思，因为她接着又说：“我打扰您了，阿尔芒，因为我来求您两件事，原谅我昨天对奥林普小姐说的话；别再做您可能还要对我做的事，饶了我吧。无论您是不是有意的，从您回来以后，您给了我很多痛苦，我已经受不了啦，即便像我今天早晨所受的痛苦的四分之一，我也受不了啦！您会可怜我的，对吗？而且您也明白，像您这么一个好心肠的人，还有很多比对一个像我这样多愁多病的女人报复更加高尚的事要干呢。您摸摸我的手，我在发烧，我离开卧床不是为了来向您要求友谊，而是请您不要再把我放在心上了。”

我拿起玛格丽特的手，她的手果然烧得烫人，这个可怜的女人裹在天鹅绒大衣里面，浑身哆嗦。

我把她坐着的扶手椅推到火炉边上。

“您认为我就不痛苦吗？”我接着说，“那天晚上我先在乡下等您，后来又到巴黎来找您，我在巴黎只是找到了那封几乎使我发疯的信。您怎么能欺骗我呢，玛格丽特，我以前是多么爱您啊！”

“别说这些了，阿尔芒，我不是来跟您谈这些的。我们见面我希望不要跟仇人似的，仅此而已。我还要跟您再握一次手，您有了一位您喜欢的、年轻美貌的情妇，愿你们俩幸福，把我忘了吧。”

“那么您呢，您一定是幸福的啦？”

“我的脸像一个幸福的女人吗？阿尔芒，别拿我的痛苦来开玩笑，您比谁都清楚我痛苦的原因和程度。”

“要是您真像您所说的那样不幸，那么您要改变这种状况也取决于您自己呀。”

“不，我的朋友，我的意志犟不过客观环境，您似乎是说我顺从了我做妓女的天性。不是的，我服从了一个严肃的需要，总有一天这些原因您会知道的，您也会因此原谅我。”

“这些原因您为什么不在今天就告诉我呢？”

“因为告诉了您这些原因也不可能使我们重修于好，或许还会使您疏远您不应该疏远的人。”

“这些人是谁？”

“我不能跟您说。”

“那么您是在说谎。”

玛格丽特站起身来，向门口走去。

当我在心里把这个形容枯槁、哭哭啼啼的女人和当初在喜剧歌剧院嘲笑我的姑娘做比较时，我不能看着她的沉默和痛苦的表情而没有反应。

"您不能走。"我拦在门口说。

"为什么?"

"因为，虽然您这样对待我，我一直是爱您的，我要您留在这里。"

"为了在明天赶我走，是吗?不，这是不可能的!我们两个人的缘分已经尽了，别再想破镜重圆了；不然您可能会轻视我，而现在您只是恨我。"

"不，玛格丽特，"我嚷道，一面觉得一遇上这个女人，我所有的爱和欲望都复苏了，"不，我会把一切都忘记的，我们将像曾经相许的那么幸福。"

玛格丽特疑惑地摇摇头，说道："我不就是您的奴隶，您的狗吗?您愿意怎样就怎样吧，把我拿去吧，我是属于您的。"

她脱掉大衣，摘下帽子，把它们全都扔在沙发上，忽然她开始解连衣裙上衣的搭扣，由于她那种疾病的一种经常性的反应，血从心口涌上头部，令她透不过气来。接着是一阵沙哑的干咳。

"派人去关照我的车夫，"她接着说，"把车子驶回去。"

我亲自下楼把车夫打发走了。

当我回来的时候，玛格丽特躺在炉火前面，冷得牙齿格格直响。

我把她抱在怀里，替她脱衣服，她一动也不动，全身冰冷，我把她抱到了床上。

于是我坐在她身边，试着用我的爱抚来暖和她，她一句话也没跟我说，只是对我微笑着。

喔!这真是一个奇妙的夜晚，玛格丽特的生命几乎全部倾注在她给我的狂吻里面。我是这样地爱她，以致在我极其兴奋的爱情之中，我曾想到是不是杀了她，让她永远不会属于别人。

一个人的肉体和心灵都像这样地爱上一个月的话，就只能剩下一具躯壳了。

天亮了，我们两人都醒了。

玛格丽特脸色灰白。她一句话也不说，大颗的泪珠不时从眼眶里滚落在她的面颊上，像金刚钻似的闪闪发光，她疲乏无力的胳臂不住地张开来拥抱我，又无力地垂落到床上。

有一时我想我可以把离开布吉瓦尔以来的事全部忘记，我对玛格丽特说："你愿不愿意跟我一起走？让我们一起离开巴黎。"

"不，不，"她几乎带着恐惧说，"我们以后会非常不幸的，我不能再为你的幸福效劳，但只要我还剩下一口气，你就可以对我为所欲为，不论白天或者黑夜，只要你需要我，你就来，我是属于你的，但是不要再把你的前途和我的前途连在一起，这样你会非常不幸，也会令我非常不幸。

"我眼下还算是一个漂亮姑娘，好好享用吧，但是别向我要求别的。"

在她走了以后，我感到寂寞孤单，特别害怕。她走了已有两个小时了，我还是坐在她适才离开的床上，一面注视着床上的枕头，上面还留着她头形的皱褶，一面考虑着在我的爱情和嫉妒之间我将变成什么样子。

五点钟，我到昂坦街去了，我也不知道我要上那儿去干什么。

替我开门的是纳尼娜。

"夫人不能接待您。"她尴尬地对我说。

"为什么？"

"因为N伯爵先生在这里，他不让我放任何人进去。"

"是啊，"我结结巴巴地说，"我忘了。"

我像个醉汉似的回到了家里，您知道在我那嫉妒得发狂的一刹那间我干了什么？这一刹那就足够我做出一件可耻的事，您知道我干了什么？我心想这个女人在嘲笑我，我想象她在跟伯爵两人足膝而谈，对他重复着她昨天晚上对我讲过的那些话，还不让打搅他们。于是我拿起一张五百法郎的钞票，写了下面这张纸条一起给她送了去。

您今天早上走得太匆忙了，我忘了付钱给您。这是您的过夜钱。

当这封信被送走以后，我就出去了，如同想逃避做了这件卑鄙的事情以后出现的一阵内疚。

我到奥林普家里去，我见到她在试穿衣服，当只剩下我们两个人时，她就唱些下流的歌曲逗我开心。

这个女人完全是一个不知羞耻、没有心肝、没有头脑的妓女的典型，起码对我来说是这样，因为也许有别的男人会跟她一起做我跟玛格丽特一起做过的那种美梦。

她问我要钱，我给了她，于是就可以走了，我回到了自己家里。

玛格丽特没有给我回信。

不用跟您说第二天我是在怎样激动的心情下度过的。

六点半，一个当差给我送来了一封信，里面装着我那封信和那张五百法郎的钞票，之外一个字也没有。

“是谁把这封信交给您的?”我对那个人说。

“一位夫人，她和她的使女一起乘上了去布洛涅的驿车，她嘱咐我等驿车驶出庭院之后再把信送给您。”

我跑到玛格丽特家里。

“太太今天六点钟动身到英国去了。”看门人对我说。

没有什么可以再把我留在巴黎了，既没有恨也没有爱。由于受到这一切冲击我已精疲力竭。我的一个朋友要到东方去旅行，我对父亲说我想陪他一起去；我父亲给了我一些汇票和介绍信。八九天以后，我在马赛上了船。

在亚历山大①，我从一个曾经在玛格丽特家里有过数面之缘的大使馆随员那里，了解到了这个可怜的姑娘的病情。

于是我给她写了一封信，并收到了她的回信，当时，我正在土伦②，您已经看到了。

我马上动身往回赶，之后的事您都知道了。

现在，您只要读一读朱利·迪普拉交给我的那些日记就可以了，这是刚才我对您讲的故事的必要补充。

---

① 埃及的一个港口。

② 法国地中海沿岸的一个城市。

二十五

阿尔芒的长篇叙述常常会被他的眼泪打断。他讲得非常艰难，把玛格丽特亲自写的几页日记交到我手中之后，就闭着眼睛，用双手捂着额头，也许是在沉思，也许是想要短暂地休息一下。

不久之后，他的呼吸变得急促起来，这表明他已经睡着了，但是他的睡眠很浅，哪怕是一点细微的声音也会让他惊醒。

以下就是我看到的内容，我逐字逐句地把它们抄录了下来：

今天是 12 月 15 日，我生病已经三四天了。今天早上，我在床上躺着，天色十分阴沉，我的心情很忧郁；我的身边没有一个人，我想您了，阿尔芒。可是您呢，在我写下这些字的时候，您在什么地方呢？有人跟我说，您去了一个离巴黎非常远的地方，也许您已经不记得玛格丽特了。总之，祝您幸福，我这一生当中仅有的欢乐时光是您给的。

我坚持不下去了，我忍不住要把我之前所做的事情向您解释一番，我已经给您写过一封信了，然而一封出自我这种姑娘的信，极有可能被看作谎话连篇；除非我死了，借助于死亡的权威而让这封信变得神圣；如果这是一份忏悔书，而不是一封普通的信，或许会有人愿意相信。

现在我生病了，或许我会就此一病不起。因为我一直都有种预感，我是不会活太久的。我的母亲死于肺病，这种病是她留给我的唯一的遗产；而我一直以来所过的这种生活只会加重我的病情。我不想就这样静悄悄地死去，而不让您了解关于我的一切事情，或许您还会回来，如果您对那个您离开以前爱过的那个可怜姑娘还有留恋的话。

下面是这封信的内容，为了给我的辩解提供一个新的证明，我很乐意把它再写一遍。

阿尔芒，您是否还记得呢？在布吉瓦尔的时候，您父亲到来的消息把我们吓了一跳；您还记得您父亲的到来让我没由来地感到害怕吗；您还记得那天晚上您跟我说的发生在您和他之间的事情吧。

第二天，就在您在巴黎等着您的父亲、但却总找不到他的时候，一个男子来到我家里，把一封迪瓦尔先生的来信交给了我。

现在我把这一封信附在这里，它用极其严肃的语言要求我第二天把您遣走，好接待您的父亲；您父亲要跟我谈谈，他尤其嘱咐我不要把他的举动告诉您。

您还记得您回来之后，我是怎样坚持要您第二天再去巴黎的吧。

您走后大概一个小时，您父亲就来了。从他严肃的脸上我明白了什么就不需要对您多说了。您父亲的脑子里装满了旧的观念，他觉得只要妓女都是些没心没肝、没有理性的生物，她们只不过是一台榨钱的机器，跟那些钢铁铸成的机器没什么区别，随时都有可能压断递给它东西的手，把保养它和驱使它的人毫不留情、不分好歹地粉碎。

您父亲为了让我同意跟他见面，给我写了一封非常得体的信；然而他来到之后却并不像他信上所写的那般客气了。刚刚开始谈话的时候，他姿态凌人、十分傲慢，甚至语气中还带着威胁，因此我只好让他明白这是在我的家里，如果不是因为我对他的儿子的感情真挚，我完全不需要把我的私生活汇报给他听。

迪瓦尔先生稍微平静了一些，但是他还是告诉我他绝对不会再任由他儿子为我散尽家财了。他还说我确实长得很美，但不管怎么美，都不该拿姿色去肆意挥霍，去毁掉一个年轻人的前途。

只有一件事情可以回答这个问题，对不对？我只有拿出证据说话，自从我做了您的情妇以后，为了忠诚于您，并不曾向您要您经济能力之外的钱财，我甚至不惜牺牲了所有。我把当票拿给您父亲看，我卖掉了一些不能典当的东西，我拿给他看买主们的收条，并且告诉他，为了避免和您同居后给您造成过重的负担，我已经决定把我全部的家具卖掉来偿还债务。我讲给他听您曾对我讲过的那个比较平静和比较幸福的生活，他总算了解了，向我伸出了他的手，要我原谅他一开始的傲慢态度。

接着他对我说："那么，夫人，这样的话我就不是用指责和威胁，只是用请求来请您做出一种牺牲，这种牺牲比您已经为我儿子所做的牺牲还要大。"

我一听这个开场白就全身颤动起来。

您父亲向我走来，握住我的两只手，亲切地接着说："我的孩子，请您别把我就要跟您讲的话往坏的方面想；不过您要懂得生活对心灵有时是残酷的，然而这是一种需要，所以必须忍受。您心地好，您的灵魂里有很多善良的想法是一般女人所没有的，或许她们瞧不起您，但却比不上您。不过请您想一想，一个人除了情妇之外还有家庭；除了爱情之外还有责任；要想到一个人在生活中经过了充满激情的阶段以后就到了需要受人尊敬的阶段，这就需要有一个稳固的靠得住的地位。我儿子没有财产，他却准备把他从母亲那里继承来的财产过户给您。如果他接受了您将要做出的牺牲，他也许出于荣誉和尊严就要把他这笔财产给您作为报答。您有了这笔财产，生活就永远不会受苦。但是您的这种牺牲他不能接受，因为社会不了解您，人们会以为同意接受您的牺牲可能出于一个不光彩的原因，以致玷辱我家的门楣。人们可不管阿尔芒是否爱您，您是否爱他；人们可不管这种相互之间的爱情对他是不是一种幸福，对您来说是不是在重新做人；人们只看到一件事，就是阿尔芒·迪瓦尔竟然能容忍一个妓女，我的孩子，请原谅我必须对您说的这些话，容忍一个妓女为了他而把所有的东西全部卖掉。今后的日子就是埋怨和懊悔，相信这句话吧，对您和别人都一样，你们两个人就套上了一条你们永远不能砸碎的锁链。到时候你们怎么办呢？你们的青春将要消逝，我儿子的前途将被断送；而我，他的父亲，我原来等待着两个孩子的报答，却只能有一个孩子来报答我了。

"您年轻漂亮，生活会给您安慰的；您是高贵的，做一件好事可以赎清您很多过去的罪过。阿尔芒认识您才六个月，他就忘记了我。我给他写了四封信，他没有给我回一次信，我死了他或许都不知道呢！

“阿尔芒是那么爱您，不论您怎样下决心今后不再像过去那样生活，他也一定不会因他的景况不佳而让您过苦日子的，而清苦生活跟您的美貌是不相符的。到那时候，谁知道他会干出些什么事来！我知道他已经在赌钱了，我也知道他没有对您讲过；但是他很可能在感情冲动的时候，把我多年积蓄起来的钱输掉一部分。这些钱是为了替我女儿置嫁妆，也是为了阿尔芒，也是为了我老来能有一个安静的晚年而储存起来的，还得准备对付其他可能发生的意外事情。

“再说您是不是可以肯定您再也不会留恋为了他而抛弃的那种生活呢？您过去是爱他的，您能确定以后肯定不再爱别人吗？随着年龄的增长，要是爱情的梦想让位于对事业的勃勃雄心，你们的关系就会给您情人的生活带来某些您可能无法逾越的障碍，到那时候，难道您不觉得痛苦吗？夫人，这一切您要思考思考，您爱阿尔芒，您就只能用这个方式向他证明您的爱情：为他的前途而牺牲您的爱情。现在还没有发生什么不幸的事，但是以后会发生的，或许比我预料的还要糟。阿尔芒可能会嫉妒一个曾经爱过您的人，他会向他挑衅，会和他决斗，最后他还会被杀死。您想想，到那时候，在我面前，在这个要求您为他儿子生命负责的父亲面前，您将会感到多么痛苦啊！

“总之，我的孩子，把一切全告诉您吧，因为我还没有把一切全说出来，要知道我是怎么会到巴黎来，我有一个女儿，我刚才跟您提起过她，她年轻漂亮，像天使般那样纯洁。她在恋爱，同样她也在把这种爱情当作她一生的美梦。我把这一切都写信告诉阿尔芒了，可他的全部心思都在您身上，他没有给我写回信。现在我的女儿快要结婚了，她要嫁给她心爱的男人，她要走进一个体面的家庭，这个家庭希望能门当户对。我未来的女婿家知道了阿尔芒在巴黎的行为，对我宣称，如果阿尔芒继续这样生活下去，他们将取消婚约。一个女孩子的前途就掌握在您手里了，她可从来没有得罪过您啊，而且她是应该有一个美好的未来的。

“您有权利去破坏她未来的美好生活吗？您下得了手吗？既然您爱

阿尔芒，既然您痛悔前非，玛格丽特，把我女儿的幸福给我吧。”

我的朋友，面对这些过去我也曾反复考虑过的情况，我只能忍气吞声，而且是您父亲说的这些事情，这就更加证明了它们是非常现实的。我心里想着所有那些您父亲已经多次到了嘴边，但又不敢对我讲的话：我只不过是一个妓女，无论我讲得多么有理，这种关系看起来都像是一种自私的打算；我过去的生活已经让我没有权利来梦想这样的未来，那么我必须对我的习惯和名誉所造成的后果承担责任。总之，我爱您，阿尔芒。迪瓦尔先生对我像父亲般的态度，使我对他产生了纯洁的感情，我就要赢得这个正直的老人对我的尊敬，我相信以后也必定会得到您对我的尊敬，所有这一切都在我心里激起了一个崇高的思想，这些思想使我在自己心目中变得有了价值，并使我产生了一种从没有过的圣洁的自豪感。当我想到这个为了他儿子的前途而向我恳求的老年人，有一天会告诉他女儿要把我的名字当作一个神秘的朋友的名字来祷告，我的思想境界就与过去完全不同了，我的内心充满了自豪。

一时的狂热可能夸大了这些印象的真实性，但这就是我当时的真实想法。朋友，和您一起度过的幸福日子的回忆也在另一边劝我，但有了这些新的感情之后，我也就顾不上这些劝告了。

“好吧，先生，”我抹着眼泪对您父亲说，“您相信我爱您的儿子吗？”

“相信的。”迪瓦尔先生说。

“是一种无私的爱情吗？”

“是的。”

“我曾经把这种爱情看作我生活的希望、梦想和安慰，您相信吗？”

“完全相信。”

“那么先生，就像吻您女儿那样吻我吧，我向您发誓。这个我所得到的唯一真正纯洁的吻会给我战胜爱情的力量，一个星期以内，您儿子就会回到您身边，他可能会难受一段时间，但他从此就得救了。”

“您是一位高贵的姑娘，”您父亲吻着我的前额说，“您要做的是一件天主也会称赞的事，但是我很怕您对我儿子将毫无办法。”

“喔，请放心，先生，他会恨我的。”

我们之间必须有一道无法逾越的障碍，为了我，也为了您。

我写信给普律当丝，告诉她我接受了N伯爵先生的要求，要她去对伯爵说，我将和他们两人一起吃夜宵。

我封好信，也不跟您父亲说里面写了些什么，我请他到巴黎以后叫人把这封信按地址送去。

不过他还是问我信里写了些什么?

“写的是您儿子的幸福。”我回答他说。

您父亲最后又吻了我一次。我感到有两滴感激的泪珠滑落在我的前额上，这两滴泪珠就像对我过去所犯的错误的洗礼。就在我刚才同意委身于另一个男人的时候，一想到用这个新的错误所赎回的东西时我自豪得满脸生光。

这是非常自然的，阿尔芒；您曾经跟我讲过您父亲是世界上最正直的人。

迪瓦尔先生坐上马车走了。

我到底是个女人，当我重新看见您时，我忍不住哭了，可是我没有动摇。今天我病倒在床上，也许要到死才可以离开这张床。我心里在想：“我做得对吗?”

当我们必须离别的时刻越来越近时，我的感受您是亲眼看到的。您父亲已经不在那里，没有人支持我了。一想到您要恨我，要瞧不起我，我有多么慌张啊，有一会儿我几乎要把一切都说给您听了。

阿尔芒，有一件事您可能难以置信，这就是我请求上帝赐给我的力量。上帝赐给了我向他祈求的力量，由此可以看出他愿意接受我的牺牲。

那次吃夜宵时，我依然需要别人的帮助，因为我不愿意知道我要做什么事，我怕我会失去所有的勇气啊!

谁愿意相信我，玛格丽特·戈蒂埃，当想到即将有一个新情人时，竟然会觉得如此悲伤。

为了忘却所有，我不停地喝酒，第二天醒来的时候才发现我睡在伯爵的床上。

这就是事情的真相，朋友，请您判定吧。请原谅我，如同我已经原谅了您从那天起带给我的所有苦难一样。

二十六

决定命运的一夜之后发生了什么事，您跟我一样一清二楚，但是当我们分别后，我遭受了多少痛苦您却一无所知，也难以想象。

我知道您父亲把您带走了，但是我不认为您离开我之后能够长期生活，那天在香榭丽舍大街与您相遇时，我的内心非常激动，但并不觉得意外。

之后便开始了那一连串的日子，在那些日子里，您每天都会想出一些新方法来侮辱我，我满心欢喜地接受了这些侮辱，因为它们的存在告诉我您还爱着我，而且我似乎觉得您越是侮辱我，等你弄清楚真相的时候，就越会觉得我崇高。

别因为我这种愉快的牺牲精神而觉得惊奇，阿尔芒，在此之前您对我的爱情早已经把我的灵魂里对于崇高的向往激发出来了。

我并不是一下子就变得如此坚强的。

在我为您做出牺牲和您回来之间的相当长的一段时间里，我为了不让自己疯掉，为了在我投入的这种生活中去自我麻醉，我不得不求助于肉体的疲劳。普律当丝已经告诉过您了，是吗？一直以来，我都跟在过节似的，所有的舞会和宴饮我都会去参加。

我多么希望我能在这种过度的纵情欢乐之后快一点死掉；并且，我知道实现这个愿望的那一天离我已经不是很远了，毫无疑问，我的身体越来越糟糕了。在我请迪韦尔诺瓦太太来向您请求饶恕的时候，我的肉体以及灵魂都已经异常衰弱了。

阿尔芒，我不愿跟您提起，在我最后一次向您证明我对您的爱情的时候，您是用什么来报答我的，您又是用怎样的侮辱来把这个女人赶出巴黎的。这个徘徊于死亡边缘的女人在听到您向她要求一夜恩爱的声音的时候，她无力拒绝，她的理智似乎丢失了，自欺地认为这样的一个晚上就能够把从前和现在再次连接起来。阿尔芒，您做过的事情是您有权利那么做的，其他要在我这里过夜的人，出的价钱并不总是那么高的!

所以我放弃了所有，奥林普代替了我陪在N先生身边，有人告诉我，她已经把我离开巴黎的原因告诉了他。G伯爵在伦敦，他这种人只不过把跟像我这种的姑娘的爱情关系当作一种非常愉快的消遣。他和跟他相好过的女人总是保持着朋友关系，既不会怀恨在心，亦不会去争风吃醋，总而言之，他是一位阔老爷，他仅仅把他心灵的一角向我们打开，不过他的钱包倒是向我们敞开的。我立刻想到了他，于是去找他，他很热情地接待了我，可是在那边他已经又有了一个情妇了，这是个上流社会的女人。他害怕我们之间的事情传出去了会不利于他，所以把我介绍给了他的朋友们。他们请我吃夜宵，吃过夜宵之后，他们当中的一个人就带走了我。

您想让我怎么办呢，我的朋友?

自杀吗?这只能带给您本来应该是幸福的一生以无谓的内疚；再说，既然是一个就快要死的人了何必还要去自杀呢?

我的身体只剩下一具躯壳，一个没有思想的东西，灵魂早就不在了，这段时间我过得如行尸走肉一般，然后我又回到了巴黎，打探关于您的消息，我这个时候才知道您已经出了远门。没有任何人支持我，我的生活再次回到了两年前我刚刚跟您相识时的样子，我想要找回公爵，但是我使他非常伤心，而年纪大了的人耐心都不好，或许是由于他们明白他们自己的时日不多了。我的病情一天比一天严重，我的脸色非常苍白，心情悲伤极了，我一天比一天瘦，用金钱购买爱情的男人是要先看看货色才会取货的。在巴黎，比我健康、比我丰满的女人多得是，大家似乎都把我遗忘了，这些就是今天以前发生的事情。

如今我已经彻底病倒了。我已经给公爵写信跟他要钱了，因为我的钱已经全部用光了，而债主们都来了，他们没有丝毫的同情心，带着借据前来逼我还账。公爵会回信给我吗？阿尔芒，您为什么不在巴黎啊！若您在，您会前来探望我的，您来了我会觉得很安慰。

12月20日

天气十分可怕，并且还在下雪，我自己一个人在家，孤孤单单的，连续三天我一直在发高烧，没有跟您写过一个字。没有别的新情况，我的朋友，每天我总是痴心妄想能收到您一封信，但是信没有来，并且一定是永远不会来的了。只有男人才硬得起心肠不给人宽恕。公爵没有给我回信。

普律当丝又开始上当铺了。

我不停地咳血。啊！要是您看见我，一定会难受的。您在一个阳光明媚，气候温和的环境中是很幸福的，不像我这样，冰雪的严冬整个压在我胸口上。今天我起来了一会儿，隔着窗帘，我看到了窗外的巴黎生活，这种生活我已经跟它隔绝了。有几张熟脸快步穿过大街，他们欢乐愉快，无忧无虑，没有一个人抬起头来望望我的窗口。偶尔也有几个年轻人来过，留下了姓名。过去曾有过一次，在我生病的时候，您每天早晨都来打听我的病况，而那时候您还不认识我，您只是在我第一次认识您的时候从我那里得到过一次无礼的接待。我现在又病了，我们曾在一起过了六个月，凡是一个女人的心里能够容纳得下和能够给人的爱情，我都拿出来给了您。您在远方，您在咒骂我，我得不到您一句安慰的话。但这是命运促成您这样遗弃我的，这我是深信不疑的，因为如果您在巴黎，您是不会离开我的床头和我的房间的。

12 月 25 日

我的医生不允许我天天写信。确实，回首往事只能使我的热度升高。但是昨天我收到了一封信，这封信使我感到舒服了些，这封信所表达的感情要比它给我带来的物质援助更让我高兴。因此我今天可以给您写信了。这封信是您父亲寄来的。下面就是这封信的内容。

夫人：

我刚刚知道您病了，如果我在巴黎的话，我会亲自来探望您的病情，如果我儿子在身旁的话，我会叫他去打听您的消息的；可我不能离开 C 城，阿尔芒又远在六七百法里之外。请准许我跟您写封简单的信吧。夫人，对您的病我感到十分难过，请相信我，我诚挚地祝愿您早日痊愈。

我的一位好朋友 H 先生要到您家里去，请接待他。我请他代我办一件事，我正焦急地等待着这件事的结果。

致以最亲切的问候。

这就是我接到的那封信，您父亲有一颗高贵的心，您要好好爱他，我的朋友，因为世界上值得爱的人不多，这张签着他姓名的信纸比我们最著名的医生开出的所有药方要有效得多。

今天早晨，H 先生来了，他对迪瓦尔先生托付给他的任务似乎显得很为难，他是专门来代您父亲带一千埃居给我的。起初我是不想要的，但是 H 先生对我说，如果我不收下的话会令迪瓦尔先生不高兴，迪瓦尔先生委托他先把这笔钱给我，随后再满足我其他的需要。我接受了这个帮助，这个来自您父亲的帮助不能算是施舍。要是您回来的时候我已经死了，请把我刚才写的关于他的那一段话给他看，并告诉他，他好心给她写慰问信的那个可怜的姑娘在写这几行字的时候流下了感激的眼泪，并为他向天主祈祷。

1月4日

我刚熬过了一些非常痛苦的日子。我从来没想到肉体会让人如此痛苦。呵！我过去的生活啊！今天我加倍偿还了。

每天夜里都有人照顾我，我喘不过气来。我可怜的一生剩下来的日子就这样在说胡话和咳嗽中度过。

餐室里放满了朋友们送来的糖果和各种各样的礼物。在这些人中间，肯定有些人希望我以后能做他们的情妇。要是他们看到病魔已经把我折磨成了这个样子，我想他们一定会吓得逃跑的。

普律当丝用我收到的新年礼物来送礼。

天气冷得都结冰了，医生对我说如果天气一直晴朗下去的话，过几天我可以出去走走。

1月8日

昨天我坐着我的车子出门，天气很好。香榭丽舍大街人头攒动，真是一个明媚的早春。周围一片欢乐的景象。我从来没有想到过，我还能在阳光下找到昨天那些使人感到喜悦、温暖和安慰的东西。

所有的熟人我差不多全碰到了，他们一直是那么喜笑颜开，忙于寻乐。身在福中不知福的人有那么多啊！奥林普坐在一辆N先生送给她的漂亮的马车里经过，她想用目光来侮辱我。她不知道我现在根本没有什么虚荣心了。一个好心的青年，我的老相识，问我是否愿意去跟他一起吃夜宵，他说他有一个朋友很希望认识我。

我苦笑了一下，把我烧得滚烫的手伸给他。

我从没见过谁的脸色有他那么惊惶的。

我四点钟回到家里，吃晚饭时胃口还非常好。

这次出门对我是有好处的。

一旦我病好起来的话，那该有多好啊！

有一些人在前一天还灵魂空虚，在阴沉沉的病房里祈求早离人世，但是在看到了别人的幸福生活以后竟也产生了一种想继续活下去的希望。

1月10日

希望病愈只不过是一个梦想。我又躺倒了，身上涂满了灼得我发痛的药膏。过去千金难买的身躯今天估计是一钱不值了！

我们一定是前世作孽太多，再不就是来生将享尽荣华，所以天主才会让我们这一生历尽赎罪和磨炼的煎熬。

1月20日

我一直很难受。

N伯爵昨天送钱给我，我没有接受。这个人的东西我都不要，就是他害得你不在我身边。

哦！我们在布吉瓦尔的日子有多美啊！现在您在哪里啊？

如果我可以活着走出这个房间，我一定要去朝拜那座我们一起住过的房子，但看来我只能被抬着出去了。

不知道我明天还能不能写信给您。

1月25日

已经有十一个夜晚我无法安睡了，我闷得透不过气来，时时刻刻我都以为我要死了。

医生嘱咐不能再让我动笔。

朱利·迪普拉陪着我，她倒是准我跟您写上几行。

难道在我死以前您就不会回来了吗？我们之间的关系就彻底结束了吗？我似乎觉得只要您来了，我的病就会好的。可是病好了又有什么用呢？

1月28日

今天早晨我被一阵非常大的声音惊醒了。睡在我房里的朱利立刻跑到餐室里去。我听到朱利在跟一些男人争吵，但是没有用，她哭着回来了。

他们是来查封的。我对朱利说让他们去干他们称之为司法的事吧。执达吏戴着帽子走进了我的房间。他打开所有的抽屉，把他看见的东西都登记下来，仿佛没有看见床上有一个垂死的女人，幸而法律仁慈，这张床总算没给查封掉。

他走的时候总算对我说了一句话，我可以在九天之内提出反对意见，不过留下了一个看守！我的天啊，我将变成什么啦！这场风波使我的病加重了。普律当丝想去向您父亲的朋友要些钱，我反对她这样做。

1月30日

今天早晨我收到了您的来信，这是我盼望已久的，您是否能及时收到我的回信？您还能见到我吗？这是一个幸福的日子，它让我忘记了六个星期以来我所经受的一切，虽然我写回信的时候心情抑郁，但我还是觉得好受一些了。

总之，人总不会永远不幸吧。

我还想到也许我不会死，或许您能回来，或许我将再一次看到春天，或许您还是爱我的，也许我们将重新开始我们去年的生活！

我真是疯了！我几乎拿不住笔了，我正用这支笔把我心里的胡思乱想写给您。

无论发生什么事，我总是非常爱您，阿尔芒，如果我没有这种爱情的回忆和重新看到您在我身旁渺茫的希望支持我的话，我可能早已离开人世了。

2月4日

G伯爵回来了。他的情妇欺骗了他，他很难过，他是非常爱她的。他把一切都告诉了我。这个可怜的年轻人的事业不太妙，尽管如此，他还是付了一笔钱给我的执达吏，并遣走了看守。

我向他讲起了您，他答应我向您说说我的情况。此时我竟然忘记了我曾经做过他的情妇，而他也想让我把这件事忘掉！他的心肠真好！

昨天公爵派人来打听我的病情，今天早上他自己来了。我不知道这个老头儿是怎么活下来的。他在我身边待了三个小时，没有跟我讲几句话。当他看到我苍白得这般模样的时候，两大颗泪珠从他的眼睛里洒落下来。他一定是想到了他女儿的死才哭的。他马上要看到她死第二次了，他伛偻着背，脑袋耷拉着，嘴唇下垂，目光黯淡。他衰朽的身体背负着年老和痛苦这两个重担，他没有讲一句责怪我的话。别人甚至会说他在暗暗地庆幸疾病对我的摧残呢。他似乎为他能够站着觉得骄傲，而我还年纪轻轻，却已经被病痛压垮了。

天气又变坏了，没有人来探望我，朱利尽可能地照顾着我。普律当丝因为我已经不能像以前那样给她那么多钱，就开始借口有事不肯到我这里来了。

不管医生们怎么说，现在我快死了。我有好几个医生，这证明了我的病情在恶化。我几乎在后悔当初听了您父亲的话，如果我早知道在您未来的生活中我只能占您一年的时间，我可能不会放弃跟您一起度过这一年的愿望，起码我可以握着我朋友的手死去。不过如果我们在一起度过这一年，我肯定也不会这么快死的。

天主的意志是不可违逆的！

2月5日

喔！来啊，来啊，阿尔芒，我难受死了。我要死了，我的天。昨天我是那么悲伤，我竟不愿待在家里，而宁愿到别处去度过夜晚了，这个夜晚会像前天夜晚一样漫长。早晨公爵来了，这个被死神遗忘了的老头子一出现就仿佛在催我快点儿死。

虽然我发着高烧，我还是叫人帮我穿好了衣服，乘车到歌舞剧院去。朱利替我抹了脂粉，不然我真有点儿像一具尸体了。我到了那个我第一次跟您约会的包厢；我一直把眼睛盯在您那天坐的位置上，而昨天那里坐着的却是一个乡下佬，一听到演员的插科打诨，他就粗野地哄笑着。人们把我送回家时，我已经剩下半条命。整个晚上我都在咳嗽吐血。今天我话也说不出，我的胳膊几乎都抬不起来了。我的天！我的天！我就要死了。我本来就在等死，可是我没有想到会受到这样简直无法忍受的痛苦，如果……从这个字开始，玛格丽特勉强写下的几个字母已看不清楚了。是朱利·迪普拉接着写下去的。

2 月 18 日

阿尔芒先生：

自打玛格丽特坚持要去看戏的那天起，她的病势逐渐加重，嗓子彻底失音，接着四肢也不能动弹了。我们那可怜的朋友所忍受的痛苦是无法形容的。我可没经受过这样的刺激，我一直感到害怕。

我多么希望您能在我们身边，她几乎一直在说胡话，但无论是在昏迷还是在清醒的时候，只要她能讲出几个字来，那就是您的名字。

医生对我说她剩下的时间已经不多了，自从她病危以来，老公爵没有再来过。

他对医生说过，这种景象让他太痛苦了。

迪韦尔诺瓦太太的为人真不怎么样。这个女人几乎完全是靠着玛格丽特生活的，她以为在玛格丽特那里还可以搞到更多的钱，曾欠下了一些她无法偿还的债。当她看到她的邻居对她已毫无用处的时候，她甚至连看也不来看她了。所有的人都放弃了她。G 先生被债务逼得又动身到伦敦去了。临走的时候他又给我们送了些钱来；他已经尽力而为了。但又有人来查封了，债主们就等着她死，以便拍卖她的东西。

我原来想用我仅有的一些钱来阻止他们查封，但是执达吏对我说这没有用，而且他还要执行别的判决。既然她就要死了，那就把一切都放弃了的好，又何须去为那些她不愿意看见，而且从来也没有爱过她的家属保留下什么东西呢。您根本无法想象可怜的姑娘是怎样在外表富丽、实际穷困的境况中死去的。昨天我们已经一文不名了。餐具、首饰、披肩全都当掉了，另外的不是卖掉了就是被查封了。玛格丽特对她周围发生的事还很清楚。她肉体上、精神上和心灵上都觉得非常痛苦，豆大的泪珠滚下她的两颊，她的脸那么苍白又那么瘦削，即使您能见到的话，您也认不出这就是您过去多么喜爱的人的脸庞。她要我答应在她不能再写字的时候写信给您，现在我就在她面前写信。她的眼睛望着我，可是她看不见我，她的目光被即将来临的死亡遮住了，她仍在微笑，我可以断定她的全部思想、整个灵魂都在您身上。

每次有人开门，她的眼睛就闪出光来，总以为您要进来了，跟着当她看清来人不是您，她的脸上又露出了痛苦的神情，并渗出一阵阵的冷汗，两颊涨得血红。

2 月 19 日午夜

今天这个日子是多么悲惨啊，可怜的阿尔芒先生！早上玛格丽特窒息了，医生替她放了血，她稍许又能发出些声音。医生劝她请一个神父，她同意了，医生就亲自到圣罗克教堂去请神父。

这时，玛格丽特把我叫到她床边，恳求我打开她的衣橱；她指着一顶便帽，一件镶满了花边的长衬衣，声音微弱地对我说：“我做了忏悔以后就要死了，那时候你就用这些东西替我穿戴上：这是一个垂死女人的化妆打扮。”

随后她又哭着拥抱我，她还说：

“我能讲话了，但是我讲话的时候憋得慌，我闷死了！空气啊！”

我泪如雨下，我打开窗子，没过多久神父进来了。

我向神父走去。

当他知道他是在谁的家里时，他似乎很怕受到冷落。

我对他说：“大胆进来吧，神父。”

他在病人的房间里没有待多久，他出来的时候跟我说："她活着的时候是一个罪人，但她将像一个基督徒那样死去。"

没多久他又回来了，陪他一起来的是一个唱诗班的孩子，手里擎着一个耶稣受难十字架，在他们前面还走着一个教堂侍役，摇着铃，表示天主来到了临终者的家里。

他们三个一起走进了卧室，过去在这个房间里听到的都是些奇怪的语言，而今这个房间却成了一个圣洁的神坛。

我跪了下来，我不知道这一幕景象给我的印象能保持多久；但是我相信，在那之前，人世间还没有发生过让我留下这么深刻印象的事情。

神父在临终者的脚上、手上和前额涂抹圣油，背诵了一段短短的经文，玛格丽特就此准备上天了，要是天主看到了她生时的苦难和死时的圣洁，她肯定是可以进天堂的。

从那以后她没有讲过一句话，也没有做过一个动作，如果我没有听到她的喘气声，我有好多次都以为她已经死了。

2 月 20 日下午五点

一切都结束了。

玛格丽特半夜两点钟光景进入弥留状态。从来也没有一个殉难者受过如此的折磨，这可以从她的呻吟声里得到证实。有两三次她从床上笔直地坐起来，好像想抓住她正在上升到天堂里去的生命。

也有这么两三次，她叫着您的名字，随后一切都鸦雀无声，她精疲力竭地又摔倒在床上，眼泪默默地从她的眼里流出来，她死了。

于是我向她走去，叫着她的名字，她没有反应，我就合上了她的眼皮，吻了吻她的额头。

可怜的、亲爱的玛格丽特啊，我但愿是一个女圣徒，好让这个吻把你奉献给天主。

随后，我就按照她生前求我做的那样，给她穿戴好，我到圣罗克教堂去找了一个神父，我为她点了两支蜡烛，我在教堂里为她祈祷了一个小时。

我将她剩下的一些钱施舍给了穷人。

我对宗教了解不多，但我相信仁慈的上帝会感受到我真挚的眼泪，听到我虔诚的祈祷，看到我施舍的诚心，上帝将怜悯她，她在这么美好的年华里死去，只有我一个人来为她合上双眼，为她入殓。

2月22日

今天是安葬的日子。玛格丽特的一些女朋友都来到了教堂里，其中几个还流下了真诚的眼泪，送葬的队伍走向蒙马特公墓时，后面只跟着两个男人：一个是G伯爵，他是专门从伦敦赶来的；还有一个是公爵，他被两个仆人搀扶着。

我在她家里眼含泪水，借着微弱的灯光把详细经过写下来给您。那明灭不定的暗淡的灯火旁放着一份晚餐，是纳尼娜吩咐为我做的，因为我一整天没有吃任何东西，但您能够想象，我哪有胃口吃东西呢。

这些惨象定然无法长期在我的记忆中停留，因为我的生命不属于我，正如玛格丽特的生命不属于她一样，因此我就在这些事情的发生地告诉你发生了什么，我害怕时间长了，我就不能在您回来时准确地说出这个故事了。

二十七

当我看完这些手稿之后，阿尔芒问我：“您看完了吗?”

“如果我读到的内容是真实的话，我的朋友，我知道您遭受了怎样的痛苦!”

“我收到了我父亲寄来的一封信，证明上面的一切都是真的。”

我们又就这种刚刚结束的悲惨命运进行了一番讨论，随后我就回家休息了一会儿。

阿尔芒的心情一直不好，但是讲完这个故事以后，他看起来放松了一些，并且很快得以康复，我们一起去拜访了普律当丝与朱利·迪普拉。

普律当丝刚刚破产，她说这一切都是玛格丽特的错，说玛格丽特生病的时候向她借了很多钱，她因此开出了很多她无力偿还的期票，但是玛格丽特还没来得及还她钱就去世了，也没有给她收据，因此她不在债权人之列。

迪韦尔诺瓦太太将这样的无稽之谈四处散播，当成是她经济困难的原因。她向阿尔芒索要了一张一千法郎的钞票，尽管阿尔芒不认为这件事是真实的，但他装出一副相信的样子，他满怀敬意地对待一切和他的情妇有关的人和事。

之后我们去拜访了朱利·迪普拉，她向我们讲述了一些她亲眼看见的惨事，当想到她的朋友时，她留下了真诚的泪水。

最后，我们到玛格丽特的墓地去看了看，在4月的阳光照耀下，树木已经吐出了嫩芽。

阿尔芒要去完成最后一件事，也就是到他父亲那里去。他希望我可以陪他一起去。

我们一起抵达了C城。在那里，我看见了迪瓦尔先生，如同他儿子所说的那样，他身材高大、神情严肃、性格温和。

他眼含幸福的泪水欢迎阿尔芒，并且非常热情地与我握了握手。没多久，我发现在这个税务官的身上，父爱超过一切。

他的女儿名叫布朗什，她眼睛明亮，目光澄澈，嘴唇安详，这样的嘴唇折射出了她灵魂的纯净和思想的圣洁，从这样的嘴里说出的话都充满了虔诚。看见哥哥回来，她的脸上洋溢着笑容，这个纯洁的少女完全不知道，只是为了维护她的姓氏，远方有一个妓女葬送了自己的幸福。我在这个家里居住了数天，为了这个带着一颗被治愈的心回来的人，这个幸福的家里所有的人都在忙碌。

返回巴黎之后，我按照我听见的那样将这个故事写了下来。整个故事唯一可取的地方也许就是它的真实性，但这或许会引发争论。

我并没有从这个故事里得出如下结论：所有像玛格丽特一样的女孩都能像她一样做人；远非如此，但我知道在她们中有这样一位姑娘，她在一生中经历了一场严肃的爱情，为此她承受了巨大的痛苦，直至她死去。我将我所听到的故事讲给读者听，我认为这是一种责任。

我并不是在宣传什么淫乱邪恶的思想，但不管何时何地，只要听到这样高贵的受苦人在祈求，我都会为他宣传。

再说一次，玛格丽特的故事不具有普遍性，但如果它随处可见的话，那我也没有将它写出来的必要了。

附　录

小仲马生平和创作年表

1802年　7月24日，大仲马（1802—1870年）在巴黎附近的县城维莱-科特雷出生。他的父亲仲马·达维是圣多明各的德·拉帕德里侯爵和一个名叫玛丽的女黑奴所生的混血儿，曾经在拿破仑麾下做将军，骁勇善战，后来因为与拿破仑意见不合而失宠，四十四岁去世。

1824年　1月16日，茶花女的原型玛丽·杜普莱西（原名阿尔封西娜·普莱西）于诺曼底降生。

7月27日，小仲马（1824—1895年）在巴黎出生。他的父亲是大仲马，母亲是一名叫卡特琳娜·拉贝的缝纫女工。小仲马出生时未得到大仲马的承认，只能算私生子。

1827年　此时的回忆在小仲马的话剧《克洛德的妻子》（1873年）的前言中有所记载：位于意大利人广场（现在叫布瓦埃勒第安广场）的一幢房子的阁楼，当时是他母亲卡特琳娜·拉贝的家。他的父亲正在写作，儿子在旁边哭叫，忽然父亲抓起孩子，扔到了房间的另一端。

就在这一年，一些英国演员来到法国，为巴黎的观众演出莎士比亚的剧本。大仲马在此影响下开始写他的五幕诗体悲剧《克丽丝汀》(1828 年)。

幼年时的小仲马，起先由他母亲抚养，得到了良好的家庭教育。他的杰出的、身材魁梧的和对女人朝三暮四的父亲使他感到困惑和害怕。大仲马还有另外的私生子女，其中有和贝尔·克莱尔塞梅尔生的女儿玛丽（1831 年生），和安娜·巴于埃生的亨利（1851 年生），还有在他的晚年和一位科尔第埃太太生的米卡埃（1860 年生）。

1828 年　大仲马住在圣德尼城郊他母亲、仲马将军的遗孀家里，她开着一家烟铺。这位年轻的戏剧作家总是在奥代翁剧院度过他的夜晚，和女演员调情，把自己的家庭责任置之脑后。在《亨利三世和他的宫廷》（1829 年）取得成功后，人们很快便把大仲马跟维尼和雨果相提并论。奥尔良公爵给了他一个王宫图书馆助理管理员的位置。这位趾高气扬的年轻的剧作家下决心遗弃他的妻子和儿子。他借口乡下空气好，把他们母子两人安置到一个叫作帕西的农村里去了。不论生活条件多么艰苦，小仲马还是在那儿成长起来了，心中充满着对他天才父亲的崇敬之情。

1831 年　小仲马和他的母亲一起观看了大仲马的戏剧《安东尼》的首场演出。

这场戏的女主角是大仲马的情妇玛丽·多尔瓦勒；她精湛的演技使这个剧本取得了巨大的成功。观看这次首场演出的还有巴尔扎克、戈蒂埃、圣伯夫、贝尔利奥兹……3 月 17 日，大仲马承认了儿子。

4 月 21 日，卡特琳娜也承认了儿子。为了得到儿子的抚养权，在大仲马来的时候她把小仲马藏起来，或者叫他跳窗逃走，等等；最后法庭裁决，由大仲马抚养。但这时的大仲马正和贝尔·克莱尔塞梅尔打得火热，于是把七岁的小仲马送进了寄宿学校。

小仲马起先被送进圣日纳维也夫山的伏蒂埃寄宿学校，后来又转到布朗什街的圣维克托寄宿学校。小仲马对这两个寄宿学校的生活的回忆都是很可怕的。他最后一本小说《克莱芒索事件》中提到了他和母亲分手时心中的痛苦和在寄宿学校中他的同学们对他这个私生子的歧视和虐待。

在《克洛德的妻子》的前言中，小仲马还提到了，在寄宿学校里由于不堪侮辱而不得不与人打了几次架；也在这段时期，这个年轻人的性格逐渐形成了：对人记恨，冷漠，怀疑；厌恶妓女。

大仲马有很多情妇；对其中一个叫伊达·费里埃的，小仲马后来曾写道："在我童年的时候，由于伊达小姐的态度，我要容忍很多事情。"不过小仲马也记得这时候大仲马对他的像伙伴之间的友情。在一家名叫"托尔托尼"的英国咖啡馆里，小仲马很早便和他父亲的朋友们混熟了；其中有曾经是拿破仑情妇的乔治小姐、李斯特、缪塞、弗雷戴里克·勒梅特。

1839 年　小仲马十五岁。他要离开圣维克托寄宿学校了；在《克洛德的妻子》的前言中他说："我不再长高了，我既不喜欢学习，也不喜欢赌博。"他有神秘主义的倾向。

大仲马没有把他领回家去，而是把他安置在一个家庭式膳宿公寓里，并以走读生的名义让他在波旁中学（今孔多塞中学）上学。该校学生大部分都是文学上的浪漫派，政治上的共和派。小仲马在那儿就读两年。

1840 年　大仲马娶了早已是他情妇的伊达·费里埃，小仲马非常气愤。夏多布里昂是证婚人。这对夫妇于 1846 年离异。

小仲马已成了一个身材高大的漂亮的小伙子，可是他对自己没有信心，中学会考也没有通过。父亲却很宠爱他，给他穿最时髦的衣服，经常邀请他到昂坦街他家里去，带着他在蒙马特大街的杂耍剧院和意大利人大街尽头的英国咖啡馆之间游逛。有时候在咖啡馆里和英国勋爵帕尔梅尔斯通或者巴尔扎克一起喝一杯……有时候小仲马为了他父亲的众多情妇的事情想稍许规劝一下他的父亲，可是父亲总是不听他的，说："我不想接受你的劝告……"他们之间的关系有时候变得不太融洽，可是小仲马一面经常规劝他的父亲，一面却受了他父亲的影响，受到了过游手好闲的生活的诱惑，他对他挥霍无度的父亲的生活习惯逐渐适应了……后来他为自己过的这种"被迫的"花花公子的生活辩解说"我过这种生活是随大流，是出于模仿，是因为无所事事，这并不是我的爱好”。

1842 年　小仲马十八岁时有了第一个情妇，很漂亮，她是著名雕刻家普拉迪埃的妻子。很多年以后，她成了《克莱芒索事件》中那个淫荡邪恶的伊萨的原型。他有一套单身汉的小公寓。他经常出入风月场所。

这年夏季有一天，他在交易所广场上遇见一个穿着白色平纹细布连衣裙、头戴意大利草帽的绝色女子，他顿时像遭到了雷击一般。这个女人就是玛丽·杜普莱西。

玛丽·杜普莱西这时十八岁，正在受到一位名叫德·格拉蒙的年轻公爵的供养，她的生活过得非常放荡，情人很多，有些还是著名人物；她可以随心所欲地召唤和打发他们。骑师俱乐部的会员们都在争得她的青睐。后来小仲马又经常在剧院，歌剧院和散步场所遇到她，可是这个烟花女子不同凡响的气度使他不敢贸然自荐。

1843 年　大仲马住进了圣日耳曼高级住宅区的梅迪西别墅。他这时才思如泉，巨著不断，同时他和他的出版者、情妇以及新闻记者之间的纠纷也日益增多。

1844 年　小仲马终于在杂耍剧院结识了玛丽·杜普莱西，玛丽当时的情人是富有、年老的德·斯塔凯尔贝格伯爵。小仲马很快便成了玛丽·杜普莱西最心爱的情人。小仲马到处借债。

1845 年　这一年夏天，小仲马和玛丽之间产生了纠纷。在玛丽去世后的 1884 年发现的以下这封信也许是他们之间这段故事的唯一可信的证据：

亲爱的玛丽：

我希望自己能像一个百万富翁似的爱你，但是我力不从心；你希望我能像一个穷光蛋似的爱你，我却又不是那么一无所有。那么让我们大家都忘记了吧，对你来说是忘却一个几乎是无关紧要的名字，对我来说是忘却一个无法实现的美梦。

在以后的几个月里，萝拉·蒙戴斯曾一度成为大仲马的情妇，玛丽成了李斯特的情妇。

1846 年 小仲马设法忘掉玛丽，并想自己挣些钱。他写了一些诗歌，编成一本书名响亮的集子《青春的罪恶》，用他父亲的钱出版，结果售出十四本。他同时着手写他第一本小说：《四个女人和一只鹦鹉的奇遇》。这时，他的父亲正处于写作旺盛时期，在写《约瑟夫·巴尔萨摩》。

2 月 3 日，身患重病的玛丽·杜普莱西在伦敦秘密地与德·贝雷戈伯爵结了婚，后者的企图也许是想让她以后不再去过那种堕落的生活。可是在她从伦敦回来以后，全巴黎的人仍把她看作是过去的玛丽·杜普莱西。

后来她又去了巴黎，病情每况愈下；她接受一位当时非常有名的医生的治疗。

她住进了玛德莱娜大街十一号，很少出门。几乎没有人去探望她。

小仲马陪他父亲和他父亲的两位朋友一起去了西班牙。

1847 年 1 月 15 日，从西班牙回来，小仲马暂住在马赛他父亲的一位朋友约瑟夫·奥特朗家里。

2 月 3 日，玛丽·杜普莱西死于巴黎，葬在蒙马特公墓。她的棺材上盖满了茶花。参加她葬礼的仅仅有几个人：德·斯塔凯尔贝格老伯爵，德·贝雷戈伯爵，一个从她故乡来的身份不明的朋友，还有她的女佣。

小仲马于 2 月 10 日返抵巴黎，得知这个消息。

拍卖玛丽财产时，狄更斯也参加了。

2 月 16 日，玛丽的棺材被挖掘出来，迁到蒙马特公墓的一块永久性墓地里。不知道德·贝雷戈伯爵是否曾写信给小仲马，要求他回到巴黎来参加这次再葬仪式。

大仲马这时已是历史剧院的院长，一面在保尔-马尔利大事装潢他的基督山城堡。

1848 年 小仲马一个人住在圣日耳曼区的白马旅馆，他重读《玛侬·莱斯科》，加上他的回忆，在一个月内写出了《茶花女》。

小说一出版便轰动一时；这时的小仲马还不满二十四岁。

大仲马正处于鼎盛时期：他的历史剧院座无虚席。

革命爆发了。历史剧院门可罗雀，人们对浪漫主义的热情衰退了。小仲马对当前发生的事件感到失望，对旧制度产生怀念。

大仲马投身政治，但并无成就。小仲马则仍不倦地工作：在1848年到1852年之间，他写下了十二本小说。这些小说缺乏想象，只不过是他个人的人生经验和当时流行的思想的结合。

1849年　小说《一个女人的小说》出版。

1850年　小说《二十岁的生命》和《特里斯当·勒·鲁》出版。

1851年　《茶花女》取得成功的影响历久不衰，早已有人鼓励小仲马把小说搬上舞台。起先他和他父亲的一个朋友，一个情节剧作家安东尼·贝洛合作改编。小仲马对结果不满意，决定独自一人进行改编，并从此显露了他写剧本的才能。他把小说内容大量修改，写成了一个五幕剧，剧本中有大段独白和精彩的对话。剧本的内容是浪漫的，但是用的全是日常语言。小仲马为一些演员念他的剧本时，听的人都失声痛哭……可是要上演这个剧本还很困难。这时候大仲马遇到了麻烦，不得不用不到原价十分之一的价钱卖掉他的基督山别墅。

小仲马偶然得到了肖邦给乔治·桑的信，他把信还给了乔治·桑；乔治·桑把这些信烧掉了，从此和小仲马结下了深厚的友谊。

这一年小仲马还写了三本小说：《三个坚强的人》《迪安娜·德·利斯》和《鬼魂》。

春天，歌舞剧院经理准备接受《茶花女》。

内政部部长福歇认为《茶花女》伤风败俗，下令禁演。小仲马经济遇到困难；他再次和他的母亲卡特琳娜·拉贝共同生活。他通过莫内，把剧本呈交当时的共和国总统路易·波拿巴。当局成立了一个审查委员会，委员有朱尔·雅南、莱翁·戈兹朗和埃米尔·奥吉埃等人；审查结果认为此剧并未妨碍风化。12月，路易·拿破仑发动军事政变，建立军事独裁，大仲马流亡到布鲁塞尔；莫内被任命为内政部长，批准《茶花女》剧本上演。

1852年　2月2日，《茶花女》在巴黎杂耍剧院首场演出，玛格丽特由多什夫人扮演，取得了伟大成功；这次演出成了这一世纪戏剧界的一个重大事件，意大利作曲家威尔第也是当时的观众之一。后来又有很多著名演员扮演了茶花女的角色，其中有罗丝·谢里、德克莱、拉塔朗蒂埃拉和萨拉·贝纳尔。小仲马打电报给父亲："巨大的成功，就像我是在参加你的作品的首场演出！"父亲立即回电："我最好的作品就是你，我的孩子！"《茶花女》的成功伴随着小仲马很久很久，他由此得到的光荣甚至使他的剧作家父亲相形见绌。后来他一共写了十六部戏剧，在这些剧本中，他以道德学家自居，攻击的矛头始终离不开女人、金钱和腐化。

把《迪安娜·德·利斯》改编成剧本。

1853 年　《中短篇小说集》出版。

由意大利作曲家威尔第作曲、作家皮阿威写脚本的歌剧《拉特拉维阿塔》（即《茶花女》，但剧中人物名字均已改动。）在威尼斯的菲尼斯剧场演出；未引起注意，只演了十场。

1854 年　小说《珍珠夫人》出版。

5 月 6 日，威尼斯的圣贝内代托剧场重演《拉特拉维阿塔》，取得巨大成功。

1855 年　现实主义戏剧《半上流社会》出版；小仲马和浪漫主义彻底决裂。可是这位专门讲道德的作家却疯狂地爱上了一位已婚女子纳迪亚·克诺林；她是个波罗的海沿岸的斯拉夫人，是纳雷什基纳亲王的妻子。小仲马在 1861 年给乔治·桑的信中说，这位亲王夫人就像"一条绿眼睛的美人鱼"，"我随时准备像爱一个天使般地爱她，也随时准备像杀死一只野兽般地杀掉她"。

1856 年　《拉特拉维阿塔》在伦敦和纽约上演。

1857 年　剧本《金钱问题》出版。

1858—1859 年　受他与父亲的关系启发的两个剧本《私生子》和《一个荒唐的父亲》取得成功。

1860 年　12 月 20 日，纳雷什基纳亲王夫人生下一个女儿，取名科莱特；她是小仲马的私生女儿。

1864 年　在乔治·桑的不幸的婚姻中得到灵感，写下了《女人们的朋友》。此剧遭到冷遇，使小仲马暂离戏剧舞台。在与父亲同去那不勒斯旅行时，得了严重的神经衰弱症。有人看到他跪在卧室的地上苦苦思索：他想掐死睡在他隔壁房间里的父亲。

纳雷什基纳亲王去世。小仲马娶了他的遗孀，他们的女儿科莱特在五岁时便会说法语、俄语和德语。

《拉特拉维阿塔》在巴黎上演，改名为《薇奥莱塔》，以后这两个剧名交替使用，或作为正副剧名同时使用。

1866 年　和“绿眼睛的美人鱼”的结合并不美满。纳迪亚不时生病，而且生性嫉妒，不善理家。这时候仲马一家住在帕西，经常去第埃普附近的普依。小仲马在那儿买下了两幢别墅；他在那儿接待乔治·桑，大仲马最后也是在那儿去世的。

最后一本小说《克莱芒索事件》问世，由于它的大胆的现实主义而得到好评：书中的主人公杀掉了自己的妻子。

同年发表的剧本《奥勃莱夫人的见解》（也是受到乔治·桑的影响）描写了一个思想开明的母亲同意自己的儿子娶一个改邪归正的已经有了私生子的少女做妻子。

1867 年　小仲马第二个、也是最后一个女儿雅妮娜·仲马出生。小仲马因没有生儿子而感到遗憾，一直用男孩的名字雅诺称呼女儿。

雅妮娜后来嫁给了历史学家埃尔内斯特·多特里弗；有很长一段时间，她都戴着她父亲送给茶花女的那串项链。她像她的姐姐一样没有受过洗礼。她死于 1943 年。

8 月 7 日，小仲马获荣誉勋位勋章（1888 年获第三级荣誉勋位勋章）。从此他经常和泰纳、龚古尔兄弟、勒内等著名文人出入于雅娜·德多贝夫人、奥贝尔农夫人和玛蒂尔特王妃的沙龙。由于他潇洒的风度和机智的谈吐，他所到处都受欢迎。

1868 年　10 月 22 日，卡特琳娜·拉贝去世。

1870 年　大仲马去世。他的光辉由于儿子的成就而有所削弱。小仲马自认为是当代最伟大的作家，是资产阶级道德的捍卫者。此年发表攻击女人的《克洛德的妻子》，引起了埃米尔·德·吉拉尔丹和埃米尔·左拉等激烈的反击。

1871 年　剧本《参加一次婚礼》和《乔治公主》出版。

1874 年　《阿尔丰斯先生》取得成功，此剧使他在女人中的印象稍有改善。

小仲马写了一篇攻击性文章《为了妇女的逐步解放》：女人应该像男人一样得到同样的政治权利；但是在家里，仍应服从丈夫。

法兰西学院提名小仲马接替诗人和剧作家皮埃尔·勒勃伦（1785—1873 年）的席位。

1875 年　2 月 11 日，小仲马被接纳为法兰西学院院士。他向他父亲表示了敬意，受他青睐的有保尔·布尔热和莫泊桑。

1872—1880 年　1872 年他修改了《茶花女》，以后又写了一些短篇小说和对哲学和社会问题的感想。其中重要的有《歌德的浮士德》的前言（1873 年）；《普莱服神父的玛侬》（1875 年）；后来又写了《莱翁·托尔斯泰的恶癖》。

1876 年　剧本《外国女人》出版。

1880 年起，小仲马对文学采取了一种严肃的态度。他想在他的作品中总结出一些法律准则，比如“寻找私生子女的父子关系和父女关系”，“私生子女的继承权”，尤其是“离婚问题”。《离婚法》在法国大革命时制定，在第一帝国后期被废止。由于小仲马等人的努力，《离婚法》在 1884 年又重新制定。小仲马的长女科莱特靠了这条法律于 1892 年和其丈夫利普曼离了婚。

1881 年　剧本《巴格达王妃》出版，完全失败。

1885 年　剧本《德尼斯》出版。

1887 年　剧本《弗朗西荣》出版。

1889 年　小仲马写了一篇文章，标题是《手》，首次向公众展示了他对占星术和手相术的兴趣。他与当时著名的手相术家戴巴洛尔和德·泰勃夫人有着密切往来。从 1895 年 9 月 17 日他写给女儿雅妮娜的一封信中可以看出，晚年的小仲马对神秘学和宿命论充满热爱。在他生命最后的岁月里，他竟扮演了世俗的神秘主义者的角色。

1895 年　4 月 2 日，他的妻子去世，和卡特琳娜同葬在纳依的一个地下墓室。

6 月 26 日，小仲马与比他小四十岁的昂利埃特·雷尼埃结婚；她是画家费利克斯·埃斯卡特埃的前妻。

7 月 27 日，他立下遗嘱。

11 月 27 日，小仲马在马尔利-勒鲁瓦去世，被葬在离玛丽·杜普莱西的墓距离不远的蒙马特公墓。

1934 年　他的第二个妻子昂利埃特·雷尼埃去世，也葬在蒙马特公墓。